ワイン 一杯だけの真実

村上龍

幻冬舎文庫

ワイン一杯だけの真実

CONTENTS

オーパス・ワン

ハワイには文化がないんだよ、とあなたは言った。そして、それは悪いことじゃない、とそのあとつけ加えた。ハワイには調和だけがあって対立や衝突がない。歴史的なことなのかどうかは知らないけど、それは良いことだと思う。要するにハワイはフラダンスとカヌーだけなんだけど、それはすばらしいことなんだよ。

午前中の遅い時間に起きて、いつものようにわたしは海を眺めた。マウイの、カパルアベイを望むヴィラのベランダ。このヴィラでこうやって過ごす時間はあなたがわたしに残してくれた唯一のプレゼントかも知れない。あなたはあのときこのヴィラのキーとユナイテッドの航空券をわたしに渡して、言った。しばらくハワイにでも行って休養しておいでよ。休養。どうして休養が必要だとあなたは思ったのだろうか。わたしがあなたとの関係に疲れたという意味なのか。それともわたしの病気が前よりも進行しているとあなたが勝手に思ったのだろうか。

いいかい、君は海外の経験も豊富だから大丈夫だと思うけど、ホノルルで飛行機を乗り換えなければいけないんだ。ホノルルのイミグレーションはたいていひどく混んでいるから、乗り換えの便には充分に余裕を持たせてある。入国審査を終えて税関を出たら、そう大して距離はないんだけど、ハワイアン・エアのターミナルビルまでタクシーを使うほうがいい。チップを五ドルもあげれば、運転手はハワイアン・エアのチェックインカウンターまで荷物を運んでくれるよ。チェックインの際に空港を間違えないように。マウイには空港が二つあって、カパルアではなくカフルイのほうがメインだから間違う係員がたまにいるんだ。必ずカパルア空港行きに乗るようにね。ここで面白いのは、体重を聞かれることだ。飛行機を見たらその理由がわかるけどね。チェックインを済ませ手荷物を預けたら、ターミナルビルの奥にカフェテリアがあるからそこで休むといい。機内食というのはあまりたくさんは食べられないからきっとお腹が空いているはずだ。お勧めはチリビーンズだ。これにタバスコを少しかけると食欲が湧《わ》く。出発時刻の二十分前にはカパルアと表示されたゲートの前に行ってラインに並んだほうがいい。小さな飛行機なので君は驚くだろう。十二人乗りの軽飛行機で、だから乗客の体重を聞くんだよ。窓際の席だとワイキキの海岸線やモロカイ島の荒々しい景色や、そして運が良ければ子供を連れて回游《かいゆう》するクジラも見られることがある。カパルアは本当に小さな空港でパイナップル畑の中にある。飛行機が着くと、数段しかないタラップが下りてきて、こぢんまりした木造の建物が見える。それが空港施設だ。殺風景で長いコンコースを歩くこともないし、空港バスに乗る必要もない。山のほうから吹いてくる風で帽子を飛ばされないようにしながら、ほんの十数メートルを歩けばバッゲイジクレイムに着く。風が通るオープンな小屋だけど、ベルトコンベアのようなものはなく、荷物はトラックで運ばれてきて、木の台の上に置かれる。荷物をピックアップして、外に出ると君は溜息《ためいき》をつくだろう。その小さな飛行場は高台にある。海が見えるんだ。鮮やかな紺色の海は、太陽を反射して水平線の彼方まで穏やかに輝いている。濃いブルーのトレイに乗った光の粒がそっと揺すられているような、網膜の裏側が現実になったような、海だ。レンタカーを借りて、カパルア・リゾートまでパイナップル畑の間に造られた道を行く。左側には常に海が見える。右側はなだらかな丘陵で、窓を開けて走っていると、熱く照らされた草とパイナップルの香りがかすかに漂ってくる。十分も走ると、カパルア・リゾートの蝶のマークと標識が見えるから、そこで左折する。ゴルフコースとリッツ・カールトンホテルの間を縫って、整然と植林された杉の並木道をゆっくりと走ると、ここが平凡なオーシャン・リゾートではないことが君にもわかると思う。カリブやマイアミからコート・ダジュールまで、カパルアはどこにも似ていない。清潔で人工的だが、居住者を極端に制限しているので、巨大な箱庭の中か、映画の中に入り込んでしまったような気分になると思う。ヴィラに入ったら、まずカーテンを開けて、窓を開け放って欲しい。そしてベランダに出るんだ。すぐ前はゴルフコースのフェアウェイで、その向こうに海が見える。視界の両端には二つの島、ラナイとモロカイだ。荷物の整理ができたら、冷蔵庫を食べ物と飲み物でいっぱいにしたほうがいい。そうするとマウイに来たという実感が湧くものだ。車ですぐのところにいかにもアメリカらしい巨大なショッピングセンターとスーパーマーケットがある。お勧めはフンギと呼ばれる椎茸《しいたけ》に似たキノコだ。フンギは軽くバターで炒《いた》めるだけで非常に深い味になる。一人でも充分に楽しめると思うが、どうしても人恋しくなったら、右隣のヴィラの住人を訪ねるといい。ツツミさんという日本人が住んでいる。不動産や株に投資している五十代後半の男性だが、奥さんはアメリカの人で、彼女は日本語ができるし、二人とも、ブラームスとワインとテニスを愛する優しい人だ。きっと友人になれると思う。そうだ。冷蔵庫の上の食器棚に、ワインが入っている。その中に八六年のオーパス・ワンが二本あるはずだ。もしよかったら飲んでもかまわない。六本木の、例のあの店で飲んだワインだ。憶《おぼ》えているかな。フンギのバター炒めに合う。日本では品数が少ないからとても高級なイメージがあるが、ハワイでは、ヴィンテージによっては五十ドルで買えるんだよ。フィリップ・ロスチャイルドとロバート・モンダビが造った西海岸で最高の赤ワインだ。君も飲んだから知っていると思うけど、ああいうワインはボルドーにもブルゴーニュにもトスカーナにもない。アメリカ合衆国における最高の成果は、ハリウッドの映画でも、ビートニクの詩でも、ジャズでも、ポップアートでもない。オーパス・ワンだ。それは本当の意味での旧大陸と新大陸の融合の象徴なんだから。

あなたの言う通りに、わたしはカパルアでシンプルな生活を始めた。思い出を引きずらないように、日記も中断した。わたしは基本的に、何もしていない。だが、冷蔵庫をいつもいっぱいにするために毎日買い物に出かける。あなたとああいう風に別れてから、日本で買い物をするのが苦痛になった。病気のせいだと思うが、みんなの視線がからだに突き刺さってきた。他人の視線というものが本当に物理的にからだに刺さってくるものだとそれまでわたしは知らなかった。

昨日はレタスとトマトとマカロニと、他にもたくさん食べ物を買い込んできた。スーパーマーケットは、誰がこれほど大量の食料を食べるのだろう、とあきれてしまうくらいたくさんあって、そのどれもが巨大だった。レンタカーを広い駐車場に停める、日本では考えられない広いスペースがわたしを落ち着かせるのかも知れない。考えてみれば日本は何もかもがびっしりと詰まっていて身動きが取れない感じがする。桃の木の幹に密集した毛虫を連想してしまう。

マーケットの中もまるで体育館のように広い。必ず何かの特別なセールをやっている。焼き立てのマフィンを買うと風船が貰《もら》えるセールとか、蘭《らん》の花を買うとその場でパントマイムを演じてくれるとか、ある会社のマシュマロとポップコーンミックスを買うと抽選で芝刈り機が当たるとかそういうものだ。わたしが七十五ドルの蘭の花を買うと、アルバイトの道化が花占いをする少女を演じるパントマイムをやってくれた。肉と野菜と魚を入れたカートを傍に置いて、そのパントマイムを眺めながら、わたしはあなたとの出会いや別れを思い出してしまった。

オーパス・ワンはまだ飲んでいない。あなたが言った通り冷蔵庫の上の棚の中に、あの美しいラベルが描かれたボトルがあった。モンダビとロスチャイルドの二人の顔の、ブルーのシルエット。このカパルアで何かいいことがあったときに栓を抜こうと思っている。

　二日おきにメイドが掃除をしに来る。彼女の名前はジル。メイドが本職なわけではなくて、ここのヴィラのメンバーで、パートタイムでメイドをしているらしい。滞在者ではなく住人で、このヴィラにはそういう人も多い。リタイアした人達だけではなく、このヴィラを仕事場にしている人達だ。ジルの結婚相手もそういう人だそうだ。コンピュータによるデザインの仕事らしかった。ジルは掃除の道具を紺色のメルセデスに積んでやってくる。

　彼女が部屋の掃除をしている間、わたしはベランダで雑誌や本を読んでいる。医師からあまり神経を刺激するような本は読まないように言われているがもともとそういう本はあまり好きではない。本は軽いミステリーで、雑誌は英語版のファッション誌だ。ジルはまず二階から掃除を始める。二階には二つの寝室と、小さなリビングルームとバスルーム、それにコーナーを利用した三角形のベランダがある。二階はほとんど使っていないのでジルはバキュームをかけただけで、すぐ一階に下りてくる。一階でジルはまずキッチンの汚れものを洗う。ゴミを外に出し、洗濯をして、絨毯《じゅうたん》にバキュームをかけ、テーブルの周りを整理し、花を持ってきて花瓶に挿してくれることもある。

わたし達はあまり話さない。ジルもどちらかといえば無口なほうだし、わたしは他人との接触が最初から苦手だ。だが、わたし達はまるで旧知の間柄のように仲がいい。不思議なことにわたしは彼女のことをかなり知っている。ジルはオレゴン州メッドフォードのハンガリー系移民の家で生まれた。父親は印刷工で、あまり裕福な家ではなかったが、ギリシャ正教の厳格で慈愛に満ちた環境のもとに育った。父親は苦労しながらジルをサンフランシスコの大学にやった。大学でジルは今の結婚相手と知り合った。その男性は大変才能のあるデザイナーだったが、精神が過敏で、都会で生きるのを嫌がった。コンピュータ通信がハワイでも可能になった九〇年代の初め、二人はこのヴィラを買い、移り住んできた。ジルの両親はときどきオレゴンから訪ねてくることがある。ジルはそのときの航空運賃のために、また、いかなる時もつつましく生きよというギリシャ正教の教えに従う意味でパートタイムのメイドをしている。何人かの有名人の別荘を担当しているのが彼女の自慢だ。その中には元バスケットのスターやリタイアした女優やテレビのニュースキャスターなどがいる。ジルは三十代の前半で、わたしとほぼ同年輩だ。ジルはわたしにからだを動かすことを勧める。カパルアにいながらゴルフもテニスも水泳もしないのはもったいないのではないかと。わたしはそういうとき、微笑《ほほえ》むだけで返事をしないようにしている。ジルはダイエットに苦労しているそうだ。ハンガリー料理であるパプリカを効かせた魚のシチューとチョコレートケーキが大好きで、彼女はなかなか下半身とお腹の肉を減らすことができないらしい。

マダムがうらやましい、とジルはわたしに言う。エクササイズもしないでどうしてそんなにスマートでいられるのか、と。使うあてのなかった経口避妊薬と、医師が処方した抗鬱剤《こううつ》のせいなのだが、わたしはもちろんそういうことは言わない。わたしはいつもほとんど何も話さずにただ微笑んでいるようにしている。

買い物が終わると、わたしはショッピングセンターの巨大な駐車場の隅にあるカフェでひと休みする。ホットドッグやレモネードを売るスタンドと、ビーチパラソルで陽《ひ》を遮ったボードウォークに簡単な椅子とテーブルを並べただけのオープンカフェだが、その店のフレッシュのパイナップルジュースがわたしは気に入っていた。一週間ほど毎日その店に通って、スタンドでパイナップルをスクィーズしている日系の女性と顔見知りになった。

昨日の午後、その彼女が奇妙なことを言った。ジャネットという名前のその女性はわたしのことを以前から知っているようだった。昔彼女はラハイナのホエイラーズヴィレッジにあるリカーショップに勤めていたことがあって、わたしの姿を見かけたことがあるらしい。わたしはパイナップルジュースを受け取り、微笑みながら首を振った。似た人は大勢いるものだ。特にラハイナには日本人のツーリストが多いから、わたしと同年輩で背格好が似ている人はたくさんいると思う。

だが彼女はそれは間違いなくわたしだったと譲らなかった。わたしは、自分の微笑みが凍りついていくような、病気が姿を現わしてしまうときの兆候を感じた。わたしは彼女に既視感について説明した。初めての景色や人物を以前に見たことがあるように錯覚してしまう体験で、疲れているときなどに起こりやすい。彼女は、デジャ・ヴュという言葉もわたしの説明も理解できなかったようだ。

彼女によると、わたしはそのとき普通あまり買われることのないワインを買ったのだそうだ。彼女はそのワインの名前を思い出せなかった。わたしは白昼夢の中に引きずり込まれていくような軽い不安に襲われ、それを鎮めるためにゆっくりとパイナップルジュースを飲んだ。それがどんなに軽いものであっても、不安から逃れようとするときは、あなたとの思い出の力を借りなければならない。あなたとの数々の旅行の思い出には、信じられないような力が潜んでいる。あなたはよく海外へ行き、まるでわたしが忠実な猟犬であるかのように電話で呼び寄せた。それは南フランスだったり、バンコクだったり、モロッコだったり、聞いたこともないような名のカリブの小さな島だったりしたが、わたしは時間の許す限り、あなたの誘いを受けた。

結婚しているのかどうか、わたし達はお互いにそういうプライベートなことについて聞いたりしなかった。二人とも、そういうことはどうでもいいと思っていたのだ。だが、ついにあなたに告白することはなかったが、あの頃、つまりあなたといろいろなホテルのシルクのシーツの上で裸で抱き合っていた頃、わたしには家庭があった。あなたの存在に気付いているものは誰もいなかったが、わたしが精神のバランスを崩していくうちに家庭は冷え切っていった。子供がいなかったことが崩壊を早めたような気がしているが、崩壊後の不幸に子供を巻き込むというような事態もなかったわけで、いずれにしろわたしはあなたには迷惑をかけたくなかった。

あなたの思い出のすべてが曖昧《あいまい》であるのと同じように、わたしの家庭のことも遠い霧の中に霞《かす》んでいるようにはっきりとしない。わたしの夫は主に中小企業の顧客を多く抱える税理事務所をやっていたような記憶がある。わたしは夫の顔を思い出すことができるが、それは揺れる水面に映ったもののように安定することがない。夫が喋《しゃべ》ったこと、例えば食事をしながら最近見た映画について話したり、一緒に音楽を聴きながら紅茶を飲んだりしているときに彼がわたしに言ったこと、それらを思い出そうとすると、必ずあなたの声が重なり、あなたのからだのある部分が映像として甦《よみがえ》り、夫との記憶を遮断する。

あなたのからだの部分的なディテールをはっきりと思い出してしまう。それは煙草を吸うときに微妙な角度で曲がる右手の中指だったり、肘《ひじ》の脇にある赤くひき攣《つ》れた傷痕《きずあと》だったり、首筋の細かな皺《しわ》だったり、耳たぶにあったかすかな産毛だったりする。クローズアップになったそのディテールは映像としてどんなものより強い。わたしはそのディテールがあるから医師の言葉を信じないのかも知れない。医師はわたしを孤独なOLだと決めつけようとする。誰とも接触しようとせず、貯金のみに励んでハワイのコンドミニアムを買った、家庭もなく、必然的に不倫相手もいるわけのない、ただの、普通の、オーディオ機器メーカーに勤めるOL。

小説を読んだり映画を見るのを控えなければいけないと医師は言うが、わたしはそれほど多く小説を読まないし、映画も見ない。医師はわたしよりもわたしの周りの人達の言うことを信じすぎる。わたしはひどい家庭環境で育ったが、医師はそうではないと言う。わたしは八歳のときに、離婚した母親に連れられて新しい父に会った。父は有名な国立大学の歴史学の教授だったが、わたしと会ったときにはすでに六十を超えていた。母親はまだ三十代の前半で、名を知られていない劇団の舞台女優だった。その劇団の演出家との間にわたしが生まれたが、その男は非常に暴力的だった。わたしの左足の脹《ふく》脛《はぎ》には、数センチの裂傷の痕があるが、それはその演出家が投げつけたガラスの破片が当たったものだ。もちろんわたしはそのときのことを憶えていない。

母親はその演出家を愛していたが、その暴力に耐えられなかった。何よりも幼いわたしが危険だと判断した。わたしを託児所に預け盛り場で働いているときに、わたしの新しい父親になる人物と知り合った。新しい父親は南東ヨーロッパの、さらに具体的に言えばバルカン半島の歴史の権威だった。歴史というものは外部との関係の集積だと、初めて会ったときに母にそう言ったそうだ。人間も一つの歴史なのだから、その人が一生を通じてどういう他者と関係を作っていったかがその人の歴史となる、というようなことも言ったらしい。

十歳になった夏に、わたしはその新しい父親に犯された。新しい父親は旧ハンガリー帝国の地図を持ってわたしの部屋に現われ、これは昨日入手した十四世紀の地図の正確な復元図だとわたしに教え、それがいかに美しいものであるか説明しながら、わたしの胸に触ってきた。それはわたしにとって初めての性的な体験で、新しい父親はこうやって娘への愛情を表現しているのだろうと最初は思った。新しい父親の手がスカートの中に入ってきてもわたしは声を出すことができなかった。

そのあとも数え切れないほどわたしは新しい父親と性的な行為を繰り返した。だが、わたしはそのことを誰にも言わなかった。言えなかったのではない。言わなかったのだ。わたしは新しい父親のそういった行為を愛情表現だと思っていた。だが、それは肉体的な痛みも伴っていたし、もちろん恐怖でもあった。少女期にそういったいわゆる性的虐待を受けた人間は、正常な人間関係を作っていくのがむずかしいのだそうだ。わたしは異性を異常に嫌悪するようになり、さまざまな恋愛の機会に恵まれたが、それらから結果的に逃避し続け、結局セックスの匂いのまったくない平凡で消極的な人間を夫に選んだ。だが、そういったしっかりした記憶のある過去でさえ、医師によるとわたしの妄想ということになってしまう。わたしはあの夏の日に部屋に漂った新しい父親の精液の匂いと、傍に広げられたままあったオレンジ色と灰色が混じったきれいな古い地図の海と半島の模様をはっきりと憶えている。

医師はそういったわたしのすべてを否定しようとする。わたしの周りの人々が医師をそういう風に説得してしまったのだと思う。医師が作り上げた物語の中では、わたしは普通のサラリーマンの家庭に生まれている。ずっと大人しい良い子として育ち、短大に行き、オーディオ機器メーカーに就職し、その間はほとんど友人というものがいなかった。そういった嘘の人生をわたしに認めさせることができれば、わたしの周りのすべての人々にとって好都合だから、彼らは医師に依頼したのだと思う。つい最近舞台女優として復帰した母親にしても、ボスニアとセルビアの戦争のときにはしょっちゅうテレビに顔を出していた新しい父親にしても、今ではヨーロッパ公演を何度も手がけて有名になった最初の父親にしても、わたしが真実を語ることに怯《おび》えているはずなのだ。彼らはそれぞれに力のある人達なので、私を嘘の過去に閉じ込めるのは簡単なことに違いない。

わたしは今日もほとんどの時間をプールサイドで過ごした。今のこの時期は日本人は誰もいない。デッキチェアでロマンティックなミステリーを読み、アメリカ人の親子や夫婦が楽しそうに遊ぶのを眺めながらわたしはずっと微笑んでいた。

夕暮れになると、あなたが教えてくれた通り、わたしはベランダに出る。そのヴィラでは、必ず夕日を眺めなければいけない、あなたはそういうことを言ってくれて、それは正しかった。わたしは夕日を眺めながら、ワインを開けることにした。今日はいいことがあったのだ。

昼間、あなたが教えてくれたツツミさんの家に行ってみた。マーケットでフンギがあったので多めに買い、少しおすそ分けしようと思って訪ねたのだ。ツツミさんは、もういなかった。ヴィラを売ってしまったらしく、別の人が住んでいた。わたしはその人に招待され、昼食を一緒にした。部屋には、鳥の剥製《はくせい》がたくさんあった。新しい住人はハンターで鳥類学者らしかった。モロカイ島までパワーボートで行き、珍しい鳥を罠《わな》で捕らえて、剥製にして売る、というような意味のことを言っていた。はっきりと聞いたわけではないので確かなことはわからないが、彼は名前をジョルジュといって、その言葉の響きからラテン系だとわたしは思った。

厚手のビニールを敷き詰めた部屋でジョルジュが鳥の内臓を取り出すところを見せて貰っているときに、信じられないことが起こった。カラスほどの大きさで、羽の色が鮮やかなブルーのその鳥が一瞬蘇生してしまったのだ。ジョルジュが細長いナイフで鳥の胸を刺し、黒っぽい血が噴き出た瞬間、ガラス窓が軋《きし》むような鳴き声が聞こえた。仮死状態の動物にたまに起きることらしかった。鳥はジョルジュの手の中で、濃いブルーの羽を動かしながら数秒間もがいたが、やがて心臓を突き刺されて首を垂れた。ナイフが深々と突き刺さったあとも、ゴルフボールほどの心臓の不規則な動きはしばらく続いた。わたしは興奮してしまって、血塗《ちまみ》れのジョルジュに思わず抱きついてしまった。ジョルジュが抱きしめたので、わたしのタンクトップとショートパンツも血塗れになった。痙《けい》攣《れん》がゆっくりと鎮まっていく鳥の小さな心臓を見ながらわたしはジョルジュと長いことキスをしていた。今度ジョルジュがモロカイ島に連れて行ってくれるそうだ。

わたしは新しい友人ができたことを記念して、オーパス・ワンを開けることにした。夕日はラナイ島の向こう側に沈もうとしている。あなたが言った通り、これほど美しい夕焼けをわたしはこれまで見たことがなかった。空気はピンクに染まり、ゴルフコースの起伏がシルエットになって浮かび上がっている。どこからか音楽が聞こえてくるような気分になってしまう。音楽はわたしの中で鳴っているのだろう。ワイングラスにオーパス・ワンを注ぐ。ゆっくりと痙攣が止《や》んでいく鳥の心臓を思い出す。夕暮れが風景のすべてを溶かし、オーパス・ワンがわたしのからだを内側から溶かしていく。確かなことは何一つない、あなたはそう言った。

わたしも、そう思う。

シャトー・マルゴー

MIS EN BOUTEILLE AU CHÂTEAU
CHÂTEAU MARGAUX
GRAND VIN
1994
PREMIER GRAND CRU CLASSÉ
MARGAUX

アラン・デュカスというレストランがパリにあるのだと誰かがわたしに言った。その誰か、つまりあなたのことについて今わたしは考えている。あなたが本当は誰だったのか、あなたの告白通りあなたは作家だったのか、かつてはわたしの本当の恋人だったのか、偶然どこかのバーで隣り合わせただけの人間なのか、わたしは考えている。大切なことは深く考えないとわからない。

あなたは、ある部分は詳しくある部分はひどく曖昧にアラン・デュカスのメニューを覚えていた。あなたはそのときに飲んだシャトー・マルゴーというワインとデザートに食べたというチョコレートムースのことをわたしに話してくれた。シャトー・マルゴーの香りで、セックスが欲しくなったとあなたは言った。

わたしはどこか遠くの街から絵はがきを書いて出してくれる恋人が欲しかった。熱帯や砂漠や凍りつく氷原や中南米の怪しげな都市の地下や北アフリカのリゾート地から送られてくる、印刷が霞んでしまっている絵はがきが読みたいと思った。もちろんその絵はがきはわたしに宛てて書かれたものでなくてはならない。その絵はがきを待ちながら無為に過ごす、そういう一日を夢見たものだ。何もしない。スイミングスクールにも行かず、手芸もしないし、本だろうが雑誌だろうが読むこともない。わたしの家の前には海があってわたしはただ波が寄せて返すのを眺めながら絵はがきが届けられるのを待つのだ。絵はがきを届けてくれるのは無口な郵便配達夫だ。彼はわたしの家までの道を小型のオートバイに乗ってやってくる。道は舗装されていないので晴れた日には灰色の砂煙が上がり、ベランダからでも居間からでもそれがよく見える。その灰色のかすかな煙を確かめるとわたしの胸は高なる。からだのどこかが何かを訴え始める。薄い刃のナイフで肌を傷つけたくなるような、親しい人の悲鳴を遠くで聞くような、そういう感覚に襲われる。郵便配達夫は悲しい過去を持った若い男で、わたしは彼が微笑んだりするところを見たことがない。彼は決して表情を崩さない。

その郵便配達夫には性的異常者だという噂があった。そのことをわたしは近所に住むケーキ作りが得意な主婦から聞いたことがある。あの男の前では絶対に短いスカートを穿《は》いたりしてはいけませんよ、フランボワーズのスフレを作って家に持ってきてくれた主婦はそういうことをわたしに言った。

あなたがくれた最初の絵はがき。それは南の島からのものだった。こんな島に来たのは初めてです、あなたはそう書いていた。インクが少し滲《にじ》んでいて、あなたがその絵はがきを書いたあとにスコールがあったからだろうとわたしは思った。だがもちろん読めないようなインクの滲みではなかった。むしろ、わたしはあなたの個性的な字の上に楕《だ》円《えん》形の模様があるのを楽しんだものだ。ここはミクロネシアでもタヒチでもカリブでもありません。わたしは絵はがきの表の写真を眺めた。南の島の入り江。手《て》漕《こ》ぎのカヌーと小さな桟橋、砂浜に点在する椰《や》子《し》の葉で屋根を葺《ふ》いた小屋、背後の山には滝のようなものが見える。それが滝なのかどうかはっきりしない。写真は少しフォーカスが甘いのか印刷技術が低いのか全体的にぼんやりとしているからだ。逆さにしてみると空が海のように見えてしまう。色も鮮明ではないし、表面には細かな染みのようなものもある。

ぼくはこの島でダイビングをして、また囚人達の取材をしています。ダイビングは趣味で、囚人達の取材は仕事です。どうして島に囚人がいるかというと、ここはビルマからの密漁者が多くて、前世紀に建てられた刑務所に収容されているからです。流刑の島だったわけです。その刑務所は島の中心部にあります。ぼくはガイドに案内されてその刑務所に行ってみました。一種の観光地になっているのですが、昔の処刑場も残っていて、絞首台というものを初めて見ました。よく映画などでは階段を上がっていって、その先にロープが垂れ下がっていますが、ここでは一つの隔離された部屋になっていました。ぼくはその部屋に入ることができた。絞首台はシンプルで、天井の鉄製のフックから垂れ下がっているロープと一脚の椅子があるだけだった。木製の三本脚の粗末な椅子はひどく不安定な感じがした。軽く蹴っただけで倒れそうだった。考えてみれば当たり前のことだけど、坐るための椅子ではない。椰子の繊維で編まれたロープは大人の親指ほどの太さだった。そのロープを手に取ってみて、汚れていないのをぼくは意外に思ったものだ。これは陳列用に新しく作ったものなのかとガイドに聞くと、そうではない、とガイドは言った。昔からずっと使用されてきたものだそうだ。ぼくは絞首台を断頭台と勘違いしていたんだ。首を絞めるためのロープには血は付かない。ぼくは記念写真を撮ろうと思った。ふざけてロープを首に巻いた写真を撮ろうとしたら、ガイドに止められた。そのロープには大勢の死刑囚の後悔と諦《あきら》めが染み付いてしまっているからそういう悪戯《いたずら》をすると何かが乗り移るのだ、そう言われて少し恐くなった。流刑の島でも、ここの海はきれいだ。ほとんど知られていないリゾートだから観光客も少ない。ロシア人が多い。ロシア人の女性はいまだに腋《わき》の毛を剃《そ》る習慣がないようだ。海岸には腋の毛を堂々と晒《さら》したロシア人の女性がたくさん日光浴をしています。

わたしはあなたがどういう状況で絵はがきを書いているのか想像することがある。あなたはもっともやすらぐ時間についていつか話してくれたことがあった。大事なのは、何事かを終えた日の夕方だとあなたは言った。わたしはあなたが旅先でその時間を楽しむところを心に想い描いた。あなたはその見知らぬ街に着きホテルにチェックインすると、荷物の整理をしたあと、プールがある場合には軽く泳ごうとするだろう。時間の余裕があるときはテニスコートを探してダブルスを二セットほどするのかも知れない。いつか東欧の国のテニスコートの絵はがきを貰ったことがある。あの絵はがきはきれいだった。川沿いの赤い土のテニスコートで少年達が黄色のボールを追っている写真がプリントされていた。そういうコートであなたが地元の人達に交じってテニスをするところをわたしはよくイメージしたものだ。時差をとるためにはからだを動かすのが効果的なんだよ、あなたはそういうことを言ったことがある。あなたは軽く汗をかいたあと、部屋に戻りシャワーを浴びて、夕食のための着換えを済ませ、ホテルのバーに行き、一人で何か強いカクテルを飲む。そういう時間が好きなのだとあなたが言うのを何度か聞いたことがある。わたしはあなたの書いた文章をわたし宛の絵はがき以外では読んだことがないから、そういうことを書いたエッセイの類《たぐい》があるのかどうか知らない。たぶんあるのかも知れないが、わたしはあなたの書いたものを読むことはないだろうと思う。あなたは社会的には作家かも知れないが、わたしにとってはそうではない。あなたはウェイターにチップをやってすぐ傍のマガジンスタンドに絵はがきを買いに行って貰う。どんな絵はがきがいいのかとウェイターに聞かれて、できるだけ普通のやつだとあなたは答える。ニューヨークだったらエンパイアステートビルとかパリだったらエッフェル塔とかそんなやつだ、あなたがそう言うとウェイターは笑顔を見せる。あなたの言い方にスノッブなところが少しもないからだ。ウェイターが買う絵はがきの数はわたしにはわからない。わたしはもちろんわたしだけに絵はがきを書いて欲しいと思ったが、あなたは他の女性にも絵はがきを出したかも知れない。それはそれでいいとわたしは思うことができる。あなたからの絵はがきはわたしの宝物で、それがわたし一人だけに出されたものかどうかはどうでもいいことだと最近思えるようになった。

ドライマティーニかシェリーのようなお酒を飲みながら、あなたはバーカウンターの端に坐り、わたしの住所を書く。万年筆から濃いブルーのインクが滲み出て、あなたの筆跡を形作っていく。あなたは何でもない文章を書くことの喜びを感じる。元気ですか、ぼくは元気です、ただそれだけを書けばいいという喜び。不特定多数の人々ではなく顔の見える個人に宛てて書くという喜び。それは小さな喜びかも知れないが、あなたにとっては他では得られないものなのだろう。

元気ですか。ぼくは元気です。今、陽が決して沈むことのない北極圏のトナカイの放牧地帯にいます。元気ですか。ぼくは元気です。今、砂漠に夕日が沈もうとしているところです。元気ですか。ぼくは元気です。今、彼方の丘の上からコーランが聞こえてきました。元気ですか。ぼくは元気です。今、巨大なスラムの真ん中に架かる橋を大勢の人々が渡っています。元気ですか。ぼくは元気です。カテドラルの前では大道芸人達が店を閉めようとしています。元気ですか。ぼくは元気です。やっとハリケーンが去ったので明日東部へ移動します。元気ですか。ぼくは元気です。カーニバルが終わった通りでは明け方の薄明かりの中でイルミネーションが揺れています。元気ですか。ぼくは元気です。今日はモネの絵とロートレックの生家を見に行きました。元気ですか。ぼくは元気です。映画祭は無事終わって地元のリンゴ酒の樽《たる》が用意されてパーティが始まろうとしています。元気ですか。ぼくは元気です。このホテルの部屋の窓からは修道院の中庭が見えます。元気ですか。ぼくは元気です。海峡を横断する船の中でこれを書いています。元気ですか。ぼくは元気です。やっと高度にからだが適応してきたようです。元気ですか。ぼくは元気です。ここはサウナの本場だけど誰もサウナに入っている人はいません。元気ですか。ぼくは元気です。タグボートを改造した懐かしいクラブでたくさんの昔の友人達に会うことができました。元気ですか。元気ですか。ぼくは元気です。さっきシャーマンから未来を見て貰いました。元気ですか。ぼくは元気です。ジャングルから何か動物が水を飲みに出てきています。元気ですか。ぼくは元気です。深紅のオールドローズが咲き乱れる有名な一五番ホールではダブルボギーを叩《たた》いてしまいました。元気ですか。ぼくは元気です。泳ごうと思ったんだけどプールの水面に虫がいっぱい浮いていて泳ぐのを止めました。元気ですか。ぼくは元気です。今ホテルのバーでこれを書いています。その昔このバーは亡命してきた革命家や迫害を逃れた政治犯が集まることで有名だったそうなんですが、今はそういった面影はありません。ごく普通のバーです。壁には昔の市街の様子を描いたタピストリーがかかっています。このはがきを書いていたら、さっき詩人だと自称する酔った老人に話しかけられた。このあたりは出版社が多いので詩人というのは案外嘘ではなかったのかも知れない。黒ビールを飲みながら、詩人は一晩に二人の女とセックスをしたことがあるかとぼくに聞いてきた。それは順番に二人とするのか、それとも同時にするのかとぼくは聞き返した。そんなことはどっちでもいいのだと詩人は言った。要するに一晩に二人の女とセックスしたことがあるかどうかということで、君はしたことがあるのか、ないのかどっちなんだ、何か韻を踏んだような美しい言葉を合間に入れながらそう言った。ぼくはそういう言い回しはできなかったし、ぼくのほうが頭は正常だったけど、その詩人が喋っていることのほうが説得力があるような雰囲気になってしまった。詩人の声は大きくて、カウンターの中のウェイターやテーブルの女性客がぼく達のやりとりに注目しているのがわかった。一晩に二人の女とセックスしたことはある、とぼくが答えると、詩人は、あんたは地獄へ堕《お》ちるな、と言った。ぼくが納得できないという顔をしていると、ただし、と詩人は笑った。そして、あんたはよく知っていることだろうが、地獄は退屈しない、とぼくの耳元で囁《ささや》いた。もうすぐ帰るので、帰ったら連絡します。

あなたとどこで出会ったのかどうしても思い出すことができない。あなたはわたしに近づいてきて、何か印象的なことを言った。だがあなたが具体的に何を言ったのかは思い出せない。わたしを誰かと間違えたような、おぼろげだがそういう記憶もある。ただわたしは絵はがきを書いてくれる恋人に子供の頃から憧《あこが》れていたから、あなたと出会えたことがうれしかった。わたしはあなたからの絵はがきを待つために海の傍に住みたいと思った。目の前に広がる海をずっと眺めながらただあなたから送られてくる絵はがきを待つ。その他には何もしないし、友人と長電話をすることもない。それにわたしには友人と呼べる人間がもともと少ない。小さい頃から友人をつくることができなかったのか、それとも友人をつくる必要がなかったのか、今となってはそういうこともわからない。しかし、わたしは誰かにあるいは何か集団的なものに影響されるのが嫌いだった。わたしの周りには、ただ寂しさを紛らわすために、笑いたくないときに笑い、話したくないことを話し、聞きたくないことを聞く人々が大勢いる。わたしはその人達のようになるのがいやだったし、その人達と親しくなるのもいやだった。

海の傍の家からは名前のわからない花々が咲いているのが見えることだろう。砂浜ではなく、断崖の上にわたしの家は建てられているはずだ。そういう夢を実際に見たことが何度もある。わたしはテラスやバルコニーに出て、眼下の海を見下ろしているのだ。そのあたりは雨が降ることが少ない。四季を通じて強い日差しが照りつけ南からの暖かい風が吹いている。断崖の下で打ち寄せる波が途切れるあたりに小さな港がある。そこには白い小舟が係留されていて、簡単な食事もできるプライベートなクラブのようなものもある。わたしはまだそのクラブへは行ったことがないが、非常においしいサンドイッチがあるのだと、このあたりに住む誰かに聞いたことがある。気候がよく眺望もすばらしいので、この一帯に住む人達はみな優しくていろいろなことをわたしに教えてくれる。海洋学者もいるし、海の絵を描き続けている人もいる。わたしが新しい住人になったとき彼らはささやかなパーティを催してくれた。ワインとカナッペ、それにこのあたりに咲く花々を飾っただけの小さなパーティだったがわたしはとてもうれしかった。あなたはここに何をしに来たのですか、とわたしは聞かれ、恋人からの絵はがきを読むためですと答えると、誰もがわたしのことをうらやましがった。パーティには十数人が集まった。郵便配達夫に関する噂はそのときにも聞いた。その若い郵便配達夫はいつも伏し目がちに小型のオートバイに乗り決してまっすぐにこちらを見たりしなかった。顔を上げてわたしを見ることがまったくなかった。あるときからわたしは彼があなたからの絵はがきを読んでいるのではないかという疑いを持ってしまった。でも、読まれているとしても大したことは書かれていなかった。性的なことはほとんど何も書かれていなかったし、好きだとか愛しているとかそういうことが書かれた絵はがきもなかった。郵便配達夫は鉄製の門の横にある郵便受けにその絵はがきを入れていく。あなたからの絵はがきの他に手紙が来ることはない。電気料金や水道料金の払い込み通知やダイレクトメールや領収書なども来ない。だからわたしの郵便受けはあなたからの絵はがきのためだけにある。

このあたりの住人は優しいが、誰もわたしの過去や現在に興味を持っていない。仕事は何をしているのか、なぜどこにも外出しないのか、家族や友人はいないのか、などと誰も噂をしたりしない。彼らとはまだ一度も顔を合わせたことはないが、みな生活に余裕があり教養のある人々らしかった。

あなたからの絵はがきの中には時間が経《た》つと字が読めなくなってしまうものがあった。インクのせいではないと思う。そういう場所から出された絵はがきなのだとわたしは思うことにしている。あなたは小さな字でしかも一度書いたあとに重ねて何度もその上から続きの文章を書いてくれた。それでもわたしはその絵はがきをきちんと読むことができた。元気ですか。ぼくは元気です。そのあとには信じられない分量の文章があって、わたしはそれを読むのに数時間、時には数日かかることもあった。

元気ですか。ぼくは元気です。アラン・デュカスというレストランのことは前に話しただろうか。話したような気がする。ずっと田舎を回っていたので、久しぶりにパリに戻ってくると妙に緊張した。ニューヨークがアメリカの中で特殊なようにフランスの中でパリもどこか特殊だ。今回の旅でもっとも印象に残ったのはアルビという街の外れにあるシャトーホテルだった。長い距離を自分で運転してその街に着いた。カルカッソンヌからは高速がなくて曲がりくねった狭い一般道を走らなくてはならなかった。古い街道沿いにはワイン畑が広がり、えんえんと続くマロニエの並木道があった。旅でもっとも印象に残るのは何かといつか聞かれたことがあった。憶えていますか。そのときも同じことを言ったと思うけど、何でもないちょっとした出会いや景色がもっとも印象的なのだと思う。アルビの街に入ってからホテルの場所がわからなくなった。ぼくが持っていた地図によると、そのシャトーホテルはアルビの街外れにあって、コルドという街に向かう途中にあった。コルドという街へはどちらの道を行けばいいのか、誰かに聞くことにした。左側に教会と広場があって、右側には川の支流があった。車を降りて川のほうに下りていくと、バス停の標識があって、十二、三歳の女の子がいた。旧市街というか、表通りの喧噪《けんそう》も聞こえない非常に静かな狭い通りだった。ここに本当にバスがやってくるのだろうかと思うほど、狭くて古い道で、小鳥の鳴き声と川のせせらぎの音が聞こえていた。女の子は支柱が錆《さ》びついている停留所の標識にもたれて立っていたが、髪が川からの風になびいていて、まるで印象派の絵の中の景色のようだった。ぼくは道を聞かなければならなかったのだが、声をかけることができなかった。その景色は完結していて、たとえどんな形であれその中に侵入することは許されないような気がしたからだ。アルビのシャトーホテルに着いてからも、次の日もその女の子の映像が繰り返し浮かんできた。料理もワインも完璧だったけど、ぼくはずっとその女の子のことを思い出していた。他にもいろいろなことがあってパリに戻ってきたわけだけど、パリは巨大で気分が圧倒されそうだった。どうしても断れない会食があってアラン・デュカスに行った。三度目だったが、まさにパリらしいレストランだ。一階にプライベートな小さなバーがあって、食事のときは二階に上がっていく。バーにも階段の踊り場にもレストランにもシャンデリアがあった。シャンデリアのデザインや大きさにまったく間違いがなかった。シャンデリアは、適切なものを選ぶのが実は非常にむずかしい。センスではなく、経験で選ばれるからだ。たくさんのシャンデリアを見てそれが特別なものではないというような日常を送っていなければどういう大きさでどういうデザインのシャンデリアを選ぶべきか、わからない。レストランでは何を食べたのか実はあまりよく憶えていない。最初に出てきたのは、トリュフを挟んだフレッシュなフォアグラだったと思う。オマールがあったような気がするし、白身の魚が出てきたのもぼんやりと憶えている。シャンデリアの選択と同じく、どの料理にもまったくミスがなかった。ワインはシャトー・マルゴーだった。いつか話したようにシャトー・マルゴーの香りは特別だ。天井の高い、聖堂のように荘厳なレストランで、背筋を伸ばしたソムリエがグラスにそのワインを充《み》たしたとき、ぼくはセックスのことを考え始めてしまった。香りは他のどんなワインにも似ていない。胴が膨らんだグラスを目の前に近づけるとその香りの粒子がからだに入り込んできて、何か映像が浮かび上がりそうでまたそれが壊れるといったことが繰り返される。実際、何かを思い出しそうになる。もともと香りはそれ自体非常にエロティックだ。それは音楽と違って映像を喚起することがほとんどなく、直接内臓に作用するからだと思う。だが、そのレストランでシャトー・マルゴーの香りを嗅《か》いだとき、ぼくは映像になる前の信号のようなものがからだの中でうごめくのがわかった。それは細かい泡に似ていた。ジャクージの中で細かい泡が立ち、それが増えて盛り上がってくると、何かの形に見えてしまうことがある。だがいつか必ず泡は弾《はじ》けてしまう。泡が形をつくることはない。シャトー・マルゴーの香りが喚起した映像になる寸前の何かは、そういった細かい泡のようなものだった。

あなたからの絵はがきは時が経つと字が消えてしまうから、わたしはまだ字が残っている間に自分のノートに書き写すことにしている。わたしはあなたの字をできるだけ真似てあなたが書いた文章をノートに書きつけていく。一枚の絵はがきをノートに写すのに最低でも一週間かかり、長いものは一ケ月以上かかってしまう。

どうしてシャトー・マルゴーの香りに接する度《たび》にセックスのことを考えセックスが欲しくなってしまうのだろう。シャトー・マルゴーの香りは像を結ぶ寸前の映像を喚起する。何か関連があるのだろうか。そういうことを考えるとぼくはあのアルビの街の古いバス停に佇《たたず》んでいた女の子のことを思い出してしまう。髪が風になびいて、まだ子供なのに、声をかけるのをためらわせるほど端正な顔をしていた。あのときぼくは誰かとキスをしたいと思っていた。そうしないと景色に押しつぶされそうだった。景色は完璧だったが、何かを拒否していた。景色が拒否していたのは、あらかじめ決められた親和性というようなものだったと思う。誰かと自分は親しいというような前提がその景色の中のどこにもなかったのだ。関係性が剝《む》き出しになっていて、渡ってくる柔らかな風や石造りの家々が、ぼくと世界の間にある親しみを遮断していた。あらかじめ決められた親しみのようなものを寸断するために、あらゆるものがそこに存在していた。シャトー・マルゴーの香りも何かを遮断し何かを寸断する。簡単に言ってしまえば、それは感傷だ。親しみが消えてしまったと嘆き、嘆いている自分を許す、それが感傷の正体で、それはもっとも官能から遠い。悲しみが幾重にも折り畳まれて、シャトー・マルゴーの香りは成立している。それは目の前にあるのに手をどんなに伸ばしても届かない窓際の花々のようなものだ。だからぼく達は誰かの体臭や具体的な肌の質感が欲しくなる。セックス以外では癒《いや》せない地点で孤立する。しかし、ぼくはその感覚が嫌いではない。なぜなのかはわからないが、ぼくに合っているような気がするのだ。

わたしはあなたの絵はがきをノートに書き写していて欲情してしまうことがある。あなたの文章は煽情的な言葉がないのに、エロティックだった。わたしはあなたとセックスをしたことがない。ノートを眺めながら、わたしはいつもあなたのことを考える。あなたが誰だったのか。あなたは本当にわたしと付き合ったことがあるのか。だが、あなたが恋人ではなかったのだとしたら、これほど大量の絵はがきをわたしに書き送ってくれた理由が不明だ。わたしはあなたとの出会いの瞬間を思い出そうとする。お互いに犬を連れて散歩していて、どちらかが何か言葉をかけたのかも知れない。だがわたしに、犬を飼っていた時期があったのだろうか。

わたしはシャトー・マルゴーを飲んだことがあるのだろうか。その香りに接したときにはセックスのことを考えセックスが欲しくなるとあなたの絵はがきには書いてあった。いつかシャトー・マルゴーを飲むことになる予感がする。わたしはふいにシャトー・マルゴーの封を開け栓を抜いてしまうだろう。そのためのグラスが自分の部屋に既に用意されている。わたしはシャトー・マルゴーとグラスを手に入れているのだ。ワインをグラスに注ぎ、香りを感じて、窓の外を見ると、あの郵便配達夫が道をやってくるのが見える。断崖沿いの未舗装の道をあなたの絵はがきを運んでくる。わたしは彼の姿を認めると、きっと短いスカートを穿くだろう。バルコニーに出て、郵便配達夫が鉄の門に到着するのを待つ。彼は小型のオートバイを降り、郵便物を詰めたカバンの中からあなたの絵はがきを取り出して、郵便受けに近づく。まるで高い天井から下がったシャンデリアのように、わたしは短いスカートの内側を郵便配達夫に向かって示すだろう。そうすれば、あの無口な若い彼はわたしに対して初めて顔を上げるかも知れない。あの感覚が強くなっていく。薄い刃のナイフで肌を傷つけたくなるような、親しい人の悲鳴を遠くで聞くような、自分の皮膚の裏側まで景色に晒されるような、そういう感覚。断崖の上に立つ家でわたし達は向かい合う。セックス以外では癒せない地点で、シャトー・マルゴーの香りとともに、わたしたちは向かい合う。

ラ・ターシュ

CIVILE DU DOMAINE DE LA
A VOSNE-ROMANÉE (COTE-D'OR)
LA TÂCHE
APPELLATION LA TÂCHE CONTROLÉE
Bouteilles
07718
1989

わたしは取引の材料にされていた。景品や賞品といってもいいが、みんな軽い気持ちでわたしを巡るゲームを楽しんでいたようだ。お前は人格が壊れている、と客だったセメントのバイヤーのタイ人に言われたことがある。他の人間達はわたしの精神状態が普通ではないと言う。わたしも自分のどこかがおかしいのは知っているが、これまでにわたしの周りで起こったことは、それだけでは説明がつかない。つまりわたしの精神状態が不安定であるというだけでは説明がつかないことがわたしの周りで数多く起こった。

その中のひとつは、わたしの女友達であるミユキが大切に飼っていた血統書付きの猫が突然死んでしまったことだ。ミユキは風俗に勤めるようなタイプの女ではなかったが、十六歳の頃からデートクラブに勤めていて、ＳＭクラブでの仕事も長く続けていた。わたしはミユキのハンドバッグに卵形の小さなバイブレーターを見つけたことがあるが、彼女はそれが自分のものではないと言い張った。今どきバイブレーターなんかは誰でも持っている、というのがミユキの持論だった。

ミユキの猫は全身の毛が長くて、舌にピンクと黄緑の斑点《はんてん》があった。わたしはそんな猫を見たことがなくて、そのことをミユキに言うと、彼女はいつも、世界中のことを何でも知っていると思うのは大間違いなのだというような意味のことを言った。ミユキは、小さい頃におかあさんからひどい目に遭っていた。ミユキのおかあさんは、元バスケットの選手でものすごく身長が高かった。夕方一緒に坂道を下っているとき母の影は全世界を被《おお》った、とミユキはわたしに語ったことがある。

ミユキは耳たぶと耳の根元の軟骨、それに舌と眉にピアスをしていた。わたしがタトゥに興味を持ったのも、今考えるとミユキの影響だった。ロンドンから来たボディピアスの雑誌の特派員だと言って、あの男がミユキの部屋にやってきたときに、ちょうどわたしもミユキの部屋に泊まりに来ていたのだった。最初わたしはあの男が大嫌いだった。あの男は外国の匂いがした。バターとか石鹼《せっけん》とかオリーブオイルとかナツメグとかそういう匂いで、そういう種類の匂いがわたしは嫌いだったのだ。あの男は、猫とミユキのツーショットを撮りたがった。何かひらひらするものを猫のすぐ傍で振ってくれないか、とあの男はわたしに頼んだ。わたしは柄に色とりどりの房の付いた靴べらを持って、猫のすぐ横で振った。猫はその色とりどりの房に目を奪われて、坐ったまま動かない。その猫に顔をすり寄せるようにして、ミユキがフレームインして、それをあの男は撮っていった。

その夜、いや正確には明け方だが、わたしはその男とミユキが犬のような格好でセックスしているのを見た。その男がどうして泊まっていくことになったのかは憶えていない。ミユキはあまり他人を泊めたりすることはなかった。男はロンドンからやってきていて、大理石のような目をしていた。ミユキはロンドンに憧れていて、いろいろと話を聞きたかったようだ。このアパートの近くにクラブはないのか、とあの男はミユキとわたしに聞いた。ミユキはあると言って、わたしはないと言った。どちらが言うことも本当だった。その、ガルボというクラブは近いと言えば近くて、少し遠いと言えば充分に遠い距離にあったからだ。その夜わたし達はガルボに行ったことになっている。わたしに関するデータはどんなに些細《ささい》なものでもきちんと整理されて保存されている。ガルボでわたしはカシスソーダを飲み、ミユキはグラスワインを飲み、あの男は何か匂いの強い透明な酒を飲んだ。

熱いよお、とミユキは声を押し殺して叫んでいた。熱いよお、とまるで虐《いじ》められているかのように半分泣き声で言って、高く上げたお尻を前後に振っていた。わたしはずっと眠っているふりをしていた。わたしの心臓は破裂しそうだった。あの男がもしかしたらわたしのことも犯そうとするのではないか。わたしはどこへ逃げればいいのだろうか。床に毛布を敷いて寝ていたはずのあの男はいつの間にかベッドにいて、わたしは窓際の小さなソファに手足を折り曲げて寝ていた。そのソファはドアから遠くて、あの男に襲われた場合、わたしには逃げ場がなかった。二人は明るくなり始めた窓の外からの白っぽい光をからだ中に浴びて、ひどくいやらしい音を立てながらお尻のあたりを揺すり続け、ミユキは、熱いよお、と言い続けた。

それからしばらくして、わたしがあの男と付き合うようになってから、あの男は、お前あのとき起きていたのか、と聞くようになった。最初のうちは、何のことかわからないふりをしたが、あの男とほとんどの時間を一緒に過ごすようになって、セックスのあとに口移しでポカリスエットを飲ませてもらったり、飲ませてあげたりするようになってから、わたしはしだいに本当のことを言うようになっていった。あのときわたしは目を覚ましていて、わたしも犯されるのではないかと恐かった。わたしは逃げ場がなく、三人で寝ていて、三人で寝ることを承諾したわけだから、三人の間でどんなことが起こったとしても、それはあとでクレームを付けるようなものではない、わたしはそう思っていた。お尻を揺すり続ける二人に聞こえてしまうのではないかと不安になるくらいわたしの心臓の鼓動は激しかった。全身が熱を持っていて、自分のからだではないようだった。熱いよお、というミユキの声はしだいに弱くなったり強くなったりしながら断続的に続いて、わたしはきっと熱いのはあそこなんだろうと思うようになった。犬のようなスタイルで二人はつながっているので、あそこ以外に接触している箇所はない。そのうちミユキとのセックスが終われば、あの男はわたしのところにやってくるだろうと思うようになった。わたしにもセックスを要求するだろう、と確信したのだが、それは中学生の頃似たようなエロ本やアダルトビデオを仲間と見たことがあったからだった。

わたしがみんなの景品ではないのかという疑いを最初に持ったのは、あの男とあるレストランに行ったときだ。それは西新宿のあるホテルの中にあるレストランだった。わたしの誕生日だったような気がする。あういう豪華なレストランに行ったのは初めてだったし、ウェイターが集まってわたし達のテーブルを囲んで、ハッピーバースデイの歌を歌ってくれたような記憶がある。その頃わたしは渋谷の喫茶店でバイトをしていたし、日本に残ることに決めたあとのあの男は風俗雑誌のグラビアくらいしか仕事はなかった。コンソメスープが二千円もするようなあんなレストランにどうしてわたしたちが行ったのかはよく憶えていない。たぶんその前の夜に喧嘩《けんか》をしたせいかも知れない。わたし達の喧嘩の原因はさまざまだったが経過と結果はすべて同じだった。あの男は自由な恋愛観や結婚観を持っていて、例えばわたしが他の男とセックスをしてもそれは自分が干渉するべきことではないと、そういうことを言っていたが、わたしがアルバイトから帰るとその夜わたしのその日の行動について詳しく知りたがった。聞かれるままにわたしが説明していると、そういうときは必ず、突然泣きだしたり、わたしを殴ったりした。そういったあの男の暴力や感情の乱れは父親譲りだということだった。わたしを革のベルトで打ったあとで、泣きながら自分の父親の話をした。父親はそれほど有名ではないラテン音楽の演奏者だったらしい。リーダーアルバムではないが何枚かレコードも残しているそうだ。毎晩のように父親は酒を飲んで母親と自分を殴ったのだ、とあの男は言った。家にはコンガが置いてあったが、自分はその頃コンガのスタンドよりも背が低かった。父親はコンガよりもはるかに大きくて、一歳か二歳か三歳だった自分にとっては世界全体よりも大きかった。自分は母親とともに世界全体から脅され暴力を振るわれたことになる。あの男は、自分が誰からも愛されていないのではないかという根本的な恐れと不安を持っていて、そのことを自分でもわかっているようだった。

わたしは暴力に慣れていなかったから、あの男から殴られたり髪の毛を掴《つか》まれたり蹴られたりするのは非常な恐怖だった。それでもあの男と一緒にいることを止めなかったのは、セックスの前にくわえたり舐《な》めたりしてあげるときのあの男の反応が好きだったからだと思う。海外での暮らしが長かったせいか、あの男はわたしが舐めてあげるとき喜びを隠さずまるで母親にそうするようにわたしにからだと心を委《ゆだ》ね、赤ん坊か幼児のように恥じらいもなく大きな声で呻《うめ》くのだった。大理石のような目が潤んで、長いまつげが濡れて光った。あの男はわたしより三歳年下で、からだも大きく、特別なぬいぐるみを相手にしているようでわたしの気持ちは和んだのだった。

その高級なレストランに行く前夜、わたしは店でいやなことがあって事務所でしばらく泣いたので目が赤く、アパートに帰ってから、どうしたんだとあの男に聞かれた。いやな客のことを言うと、そんないやな思いをさせてすまないとあの男は最初いつものように静かに泣きだし、安いワインを飲み始め、どうせおれのことをバカにしているんだろうといつものようにそのあと急に怒りだし、わたしを殴った。それでそのあとまたいつものようにわたしに謝り、父親の話をして、暴力というものは父から子へと受け継がれるものだと言って、知り合いに連れられて一度だけ行ったことがあるというその恐ろしく値段の高いレストランに行くことになった。あの男はクレジットカードの類を持っていなくて、カールツァイスのレンズを二本売って、レストランのお金を作った。カールツァイスのレンズがいくらで売れたのかわたしは知らない。だが、あの男は、そういう自己犠牲的な行為をわたしが喜ぶと思っていたようだった。

わたしは昔からうれしいとか悲しいとかそういった感情が希薄な人間だった。中学や高校に行くようになっても、どうして他の人間が大声で笑ったり怒ったりできるのか理解できなかった。わたしの田舎は中国地方の日本海に面した人口七万ほどの小都市で、わたしが育った家庭は笑い声に溢《あふ》れていた。公務員の父とカルチャーセンターのようなところで編み物を教える母とオートバイが好きで後に事故死した兄とアニメ好きの妹の五人家族だったが、わたしの記憶にある家はいつも笑い声に包まれている。テレビを見ながら父親が何か言ってわたしを除くみんなが一斉に笑い、近所の中華料理屋では母親が自分の生徒さんの軽い悪口を言ってそういうときもテーブルが笑い声に包まれたが、あの頃にしても誰も楽しくなんかなかったのだろうと思う。その後、十六歳になったばかりの頃兄はバイク事故で死んだし、母親は家を出た。母親が家を出た日のことはよく憶えているのだが、クリスマス近くの雪の日だった。編み物の生徒さんがくれたというクリスマスケーキを持って母親は帰ってきた。イブはまだ三日先なのに、ふいに茶の間のテーブルに置かれたケーキが何か、不穏な感じがした。母親のことを不自然に思って、何かあったのかとわたしは何度も聞いたが、母親は何も答えずに、おいしそうだよね、とわたしと妹に言って、いつものように微笑んでいた。その日母は買い物に行くと言って家を出ていったきり、家には二度と戻ることはなかった。母親が出ていったあと、父親は電池の切れた玩具のようになり、やがて人間とは思えないくらいひどく衰弱して、親戚の人達が病院に入れた。

目が眩《くら》むようなロビーを持つホテルの中にあるそのレストランは、フランス料理の店なのに、日本のある地名を表わす漢字の名前が付いていた。その地名は今は思い出すことができないが、陶磁器で有名な町で、店内には巨大なガラス棚があり古くて大きな壺や花瓶がたくさん並べられていた。

客はほとんどいなかったが、偶然にも、わたし達のすぐ向かいのテーブルにあの男の知人とその連れがあとから入ってきて坐った。知人は、出版社かＦＭラジオ局の取締役のような立場の人で、その人を認めると、あの男は両手を前に組んで近づいていって、何度も何度も頭を下げながら挨拶した。あの男のそういう態度を見るのは初めてで、不慣れな場所にいることも手伝ってか、わたしは非常に不安になった。とても奇妙な言い方だが、その知人に、あの男を奪われたような気分になってしまったのだった。その知人は年寄りではなく、自信に溢れたファッションと態度で、きれいな女を傍に坐らせていた。わたしやミユキとは所属する場所が明らかに違う女で、女は、すぐ目の前でお辞儀を繰り返しているあの男を完璧に無視した。わたしのほうにも一度も関心を示すことなく、きつい匂いの煙草を吸いながら、大きなグラスに入った赤ワインを異様にゆっくりと口に運んでいた。わたしはその女のゆっくりとした動作を見ているうちに、頬《ほお》が熱くなってきて、鼓動が激しくなり、殴られたあとのように鼻の奥が痛くなってきて、大丈夫でございますか、とウェイターに声をかけられ、気がつくとわたしは本当に鼻血を流していた。真っ白なテーブルクロスに鼻血が一滴垂れるのを自分で確認したとき、世界中が自分のこの鼻血を見ているのだと思い、これから自分はあの男を巡る人間達に取引されるのだという思いが初めて湧いてきたのだった。あの男はその知人の前に立ち、両手をからだの前で組んで、何度も頭を下げ、それでいて基本的にはとてもうれしそうだった。セックスの前にわたしがあそこをくわえたり舐めたりするときよりもうれしそうだと思った。やっと飼い主に巡り会った犬のようだった。

そのレストランで何を食べたのかほとんど憶えていない。ひとつだけ記憶にあるのは変わったスープだ。骨髄入りのコンソメスープ。だがわたしはスープに浮かんでいるどれが骨髄なのかわからなかった。鼻血は止まったが、不安感は収まらず、わたしはあの男の話にほとんど応じることができなかった。あの男は、ハウスワインの白をがぶ飲みしながら、すぐ傍のテーブルの知人がいかに強大な権力を持っていて、しかも人間味に溢れた謙虚な人物であるかということを話した。わたしはどうしてそんな話を聞かされなければいけないのかわからなかった。慣れない場所で、慣れないものを食べて、聞きたくない話を聞かされ続けたわたしはしだいに現実感を失っていき、やがてこのレストランがわたしを巡る取引の場所であるというような妄想が生まれ、銀色のスプーンやナイフに歪《ゆが》みを伴って映る自分の顔を見る度に、妄想は確固たるイメージを持ち始めた。自分はその知人へのプレゼントだったのだ、まずわたしはそう思った。あの男は、周到に準備を重ねた。まず、わたしが目覚めていることを知った上で、ミユキと朝方にセックスを始めた。わたしがそのとき、恐怖とともに欲望を覚えてしまうということも計算済みだった。わたしはあのとき、ミユキとのセックスが終われば自分もやられるのではないかと恐くてしかたなかったが、同時に、欲情していた。あそこが濡れるのをはっきりと感じたのは生まれてからこれまであのときが初めてだった。わたしは、熱いよお、と言ってみたかった。しかし、ミユキとのセックスが終わってもあの男はわたしを襲ってこなかった。そういうことは初めから決められていたことなのだ。わたしはショーツに染みができるほど濡れていたが何もしてもらえず、セックスを終えたあの男とミユキの寝息をじっと五時間以上も聞いていた。ミユキはそのあとすぐにあの男と別れたのだが、だらしない人だから注意するようにとわたしに言った。それもあの男と組んだミユキのお芝居だったのだ、とわたしは思う。捨てられた女は必ず相手のことを悪く言うものだ。この女は捨てられたんだ、とわたしはミユキのことを思った。あの男は部屋を持っていなかったので、すぐにわたしのアパートにやってきて、その日から一緒に住むようになった。あの男とセックスをするようになって、一つ勘違いをしていたことに気付いた。熱いよお、とミユキは言っていたが、ずっとわたしは男のあそこが熱いのだと思っていた。そうではなかった。あの男のあそこは他の誰よりもどちらかといえばひんやりとしていて、とても気持ちがよかった。あの男のあそこがひんやりとしているために自分のあそこが熱く感じられるのだった。

レストランで、自分はその権力のある知人とその女に何か景品のようなものとしてプレゼントされるのだろうとずっとわたしは想像していた。すぐ傍のテーブルに坐っているその女は、女性雑誌のグラビアから抜け出してきたような顔で、手の指がとても長かった。わたしはそんな種類の女をすぐ傍で見たことがなかった。鼻の高さとか唇の厚さとか顎《あご》の尖《とが》り具合とかあまりにも完璧なので、じっと見ていると、本当は人形なのではないかという気がしてきたし、真っ赤なワインをゆっくりと飲むところを目の当たりにするとこういう女は本当は一種の奇形なのではないかとそういうことも考えてしまうのだった。その知人と女が、わたしにひどいことをするところを想像しながらわたしは食事を続けた。熱いよお、などとその女は言わない。あの男がそうだったようにわたしは二人の前で犬を演じることになるのかも知れなかった。わたしは、厚く赤い絨毯の床にショーツだけの姿になって両手と両膝をついて顔を上げゆっくりとお尻を振らされている自分を想像した。二人は琥珀色《こはくいろ》のお酒を飲みながら、やがて女が細く長い指でわたしの肛門に何かの花の茎を突き刺してくる。わたしは人格のない景品だから、そういったことにも耐えなくてはならない。

レストランの中が暗くなり、ウェイターがわたし達のテーブルに数人集まってきて、ハッピーバースデイの歌をうたった。ウェイター達の歌声が続いている間、あの男はしきりに微笑みかけてきたが、わたしは笑顔を作ることができなかった。誰のためにレストランが暗くなり、誰のために誕生日を祝う歌がうたわれているのか、わたしにはわからなかった。歌が終わってしばらくしてから、その知人が、黒服を着たウェイターの中でいちばん偉そうな人間を呼んで、静かにクレームをつけ始めた。それはとぎれとぎれにわたしにも聞こえてきたが、あの男は、知人が言っていることを一言も聞き逃さないように、まるで集音マイクみたいに手のひらを耳の後ろ側に添えて、確認するように、知人が言っていることを、呟《つぶや》いた。それは、わたしには違う意味に翻訳されて聞こえてきた。知人はまだメインディッシュを終えていなかったのに、レストランはわたしへのバースデイソング合唱のために暗くなった。(あの女と今夜犬のような体位でいやらしいことをする予定だったのだが、店内が突然暗くなってそのイメージが壊れた。)知人とその連れの女のメインディッシュはそれぞれローストリブと温製のオマールで、冷めるのを待つわけにはいかない。(われわれは彼女のお尻の穴に薔薇の花を突き刺して、それを揺らせながら部屋の中を歩かせようと思っていたのだが、ハッピーバースデイの合唱の中ではそういう想像は冷めてしまう。）そういう状況で、何の説明もなく、ふいに暗くなってすぐに歌が始まってしまった。誕生日の邪魔をするつもりはないが、暗い中でメインディッシュを食べるわけにもいかない。誕生日などお祝い事のパフォーマンスを店内で行なうときは、他の客の了解を得なくてはいけないはずで、ヨーロッパなどではそのことは常識だが、日本ではたまにおろそかになるときがあるので、注意して欲しい。（景品の取引を中止したいのなら事前のきちんとした通告が必要で、その景品がセックス奴隷である場合、ヨーロッパなどではそのことは常識だが、日本ではたまに突然わけのわからないヒューマニズムによって快楽が阻害されることがあるので注意して欲しい。）

じっと聞いていたあの男は、すぐに立ち上がって知人のテーブルに行こうとした。知人はそれを手で制した。誕生日の彼女を放ったらかしにしてはダメだ。お前の責任ではないから、謝りに来ることはないさ、知人は少しだけ大きな声であの男にそう言った。景品の受け取りはまた今度にするよ、わたしにはそう聞こえた。

せっかくの誕生日なのに少し白けさせてしまったね、知人はそう言って、金魚鉢のように大きなグラスに入った赤ワインをわたしにだけ一杯プレゼントしてくれた。そんな香りと味のワインは飲んだことがなかった。ラ・ターシュだ、という声がどこからか聞こえた。ラ・ターシュというそのワインは複雑な香りと舌触りと味を持っていて、香りに酔っていると舌触りに裏切られ、舌触りに酔っていると味に裏切られ、味に酔っているとまた香りが別の快楽を運んでくるのだった。大聖堂のミサに集まった千人の聖職者の中に一人の殺し屋が潜んでいて、圧倒的に癒されながらいつ殺されるのかわからないという不安もある、ラ・ターシュはそういった複雑さと錯乱を象徴するワインだった。あこういうワインは残したりすると罰が当たるんだよ、知人があの男に説明している。あの女がなぜ異様にゆっくりとこのワインを飲んでいたかがわかった。ゆっくりと飲まなければ複雑さに対応できないし、この優雅な錯乱を味わうことができないのだ。わたしはラ・ターシュを味わいながら、これまで自分に起こってきたことのすべては遥か昔から緊密に連携し、お互いに象徴し合うものであったことを完全に理解した。それらは合わせ鏡のように、すべてが対になっており、さらに万華鏡のように断片が全体を形作っていたのだ。わたしは、恐怖に怯えながら、男達から犯されるのを待ちわびていた。犬のような格好でセックスを強要されるのは、わたしにとって最大の恐怖であり、最大の願望だった。あのミユキの部屋で具体的にその機会が訪れ、わたしは覚醒して、あの男との裏切りに充ちた生活を選ぶことになる。わたしを景品として取引するためのネットワークはほぼ完成したようだ。

ラ・ターシュはその明らかな証拠だと思う。わたしはそのワインを飲んだあとまもなくして、ミユキの猫の死に立ち会うことになる。ミユキは口にこそ出さないが、わたしが猫を殺したのだと思っていて、それ以来わたし達の友情は終わりを告げた。あの男はタイの北部に写真の仕事で出かけることが多くなって、結局ヘロインの密輸で逮捕された。わたしは警察で長い尋問と拷問と辱《はずかし》めを受け、精神異常者の烙印《らくいん》を押された。当たり前のことだが、警察や病院の連中はラ・ターシュを知らない。それでもあの男の逮捕と長い拘留はわたしの生活を複雑なものにした。わたしは、あの男のあそこを舐めたりくわえたりすることができなくなったが、あの男に面会に行き、さまざまなことを確かめることができる。田舎には帰らなかったのか、とあの男はよくわたしに聞く。故郷の家には現在父親と妹だけが住んでいて、わたしを分裂病であると診断した病院はそこへ帰ることを勧めたが、わたしは帰らなかった。あの田舎町にはラ・ターシュそのものもラ・ターシュが象徴するものも存在していないからだ。手も握れないしお互いの匂いも届かないような非常に不自由な状況であの男に会い、わたしはただひたすらに、自分でも悲しいほど、想像する。あの男がわたしの唇や舌や歯で刺激を受けてどれほど喜んでくれたかをまず思い出し、そしてそのことも結局わたしの勝手な幻想だったのだと納得して、本当はあの男は例の知人をはじめとするいろいろな人達に飼われる犬に過ぎないのだという事実に思い当たる。だが、そういうことはもちろん大したことではない。重要なのは、わたしが刺激的な複雑さの中にいるということだ。今でも、熱いよお、というミユキの声がふいに甦ることがある。あのとき確かにわたしは恐怖に震えていて、あそこを濡らしていた。この世の中のほとんどの人は、ラ・ターシュのような、複雑さと錯乱が与えてくれる快楽を知らない。

わたしはそれを知っている。

ロス・ヴァスコス

最近、記憶が曖昧になることが多い、とあなたはそう思っている。あなたは二週間前に久しぶりにあの国に行った。

最近、記憶が曖昧になることが多い、わたしは二週間前に久しぶりにあの国に行った。

あの国に行くためにはメキシコかカナダかジャマイカか必ずそういう第三国を経由しなければならない、あなたはそういうことを、何度も語ってくれた。あまりにも多くそのことを聞いたので、暗記できたほどだ。おれはメキシコ経由であの国に渡った、最初はメキシコシティだったが、そのあとでカンクンに変わった、それは標高二千メートルのメキシコシティの空気の薄さが嫌いだったからだ、おれは他人より脳を使っているはずだ、たぶん使っていると思う、脳が消費する酸素の量が多いので、メキシコシティや、例えばコロラドのボールダーのようなところが苦手なんだ、階段を少し上っただけで息が苦しくなってしまう、その他にもメキシコシティが嫌いな理由があって、途中からカンクンを経由することにしたんだ……。あなたが言ったことはすべて憶えている。

あの国に行くためにはメキシコかカナダかジャマイカか必ずそういう第三国を経由しなければならない。わたしは誰かに、そうだ、いつもあの女に、そのことを何度も話したような気がする。あまりにも多くそのことを話したので、わたし自身、その台詞《せりふ》全体を暗記できた。わたしは主にメキシコ経由であの国に渡ることにしていた。最初はメキシコシティだったが、そのあとでカンクンに変わった。それは標高二千メートルのメキシコシティの空気の薄さが嫌いだったからだ。わたしは他人より脳を使っているはずで、いや、本当に他人より脳を使っていると思う。脳が消費する酸素の量が多いので、メキシコシティや、例えばコロラドのボールダーのようなところが苦手だ。階段を少し上っただけで息が苦しくなってしまう。その他にもメキシコシティが嫌いな理由があって、途中からカンクンを経由することにした。

あなたはあの町のことをえんえんと話す。あの町は、いつも白昼夢の中に浮かんでいるような気がする、というようなこと。太陽が昇ると、町は白いモヤのようなものに包まれ、空気が急激に暖められて、白く濁り、あなたはホテルの部屋からそれを眺める。あまり気温が高くならないうちにレストランへと行かなくてはならない。レストランは午前中遅い時間までやっているが、オープンカフェなので、太陽が空の中心へ上がるにつれて、数分で目玉焼きの表面が乾燥してしまう。表面が乾燥した卵ほどまずい食べ物を他に知らない、そういうようなことをあなたはわたしに話すのだろうか。

わたしはいずれあの女にあの町のことをえんえんと話すことだろう。あの町は、いつも白昼夢の中に浮かんでいるような気がする。太陽が昇ると、町は白いモヤのようなものに包まれる。空気が急激に暖められて、白く濁るのだ。わたしはホテルの部屋からそれを眺めている。あまり気温が高くならないうちにレストランへと行かなくてはならない。レストランは午前中遅い時間までやっているが、オープンカフェなので、太陽が空の中心へ上がるにつれて、数分で目玉焼きの表面が乾燥してしまう。表面が乾燥した卵ほどまずい食べ物をわたしは他に知らない、そういうようなことをわたしはあの女にすべて話すことだろう。

記憶が曖昧になるというのは具体的にどういうことか、あなたはわたしに話す。

記憶が曖昧になるというのはどういうことか、わたしはあの女に話すだろう。

ホテルの部屋のプールであなたは朝食前に少しだけ泳ぐ、それは単純に暑いからだが、どういうわけか妙に落ち着かない、そういう風にあなたはわたしに話し始める。

ホテルの部屋のプールでわたしは朝食前に少しだけ泳ぐことにしていて、それは単純に暑いからだが妙に落ち着かないんだ、わたしはあの女にそう話し始めるだろう。

さあ、話してみて。

そこには以前行ったことがあるとまずそういうことを考える。確かに行ったことがあるような気がする。だが、いつのことだったかわからない。遥か昔に、同じ風景を見たような記憶があるのだが、はっきりしない。そこがどこなのかわからないのだ。

わたしはそういう話をあなたから確かに聞いた。それは小さなプールだった。ホテルの部屋に付属している、ベランダの外にある、小さなプールで、いつも係りの者が蘭の花を絶やさない。長い捕虫網のような道具を持った黒人がいて、プールの表面のゴミを掬《すく》っている。その黒人は蘭の花の入った籐《とう》の籠《かご》を腰に下げている。常にプールに花びらが浮かんでいるように、決まった時間にその黒人は現われ、腰の籠から花びらを取ってプールに投げ入れる。あなたが言っているのはそのプールのことでしょう?

たぶんそうだとわたしは思う。確かにわたしはあの女にあの町とプールについて話したことがあると思う。

わたしは聞いたことがある。それも、何度も聞いたことがある。あなたはそこで誰かと奇妙なゲームをした、そのこともはっきりと聞いた。

わたしは、そのプールがあるホテルで、ある家族と知り合った、そのこともわたしはあの女に話した。

わたしはそのことを何度も聞いて、それを文章にしようかと考えたこともあった。あなたが、その家族とやった奇妙なゲームについて。そのゲームのことを思い出せないの?

ゲームのことはよく憶えている。それは、親しくなったあとで、お互いに知らない人として話しましょう、というゲームだった。その家族は外国人で、中年の女と、少女と老人だった。わたしは彼らとホテルの中庭で知り合った。外国人だったが、話しかけてきた言葉は日本語だったような気もする。二世だったのかも知れない。そのあたりから記憶は曖昧になっている。だが、その家族と知り合った中庭のディテールははっきりとしている。赤土のボタニックガーデンで、刺《とげ》のある濃い緑色の植物が群生していて、孔《く》雀《じゃく》が放されていた。一羽のオスが羽を広げていたのをわたし達は偶然に一緒に目撃して、それがお互いに話しかけるきっかけになったのだ。孔雀が羽を広げたところを見たのは、わたしも、中年の女も、少女も、老人も初めてだった。少女の父親、中年女の夫が数年前に病気で死んで、それ以来このホテルに毎年泊まりに来ているのだ、というような意味のことを老人がわたしに喋った。どういう病気だったのか、わたしは聞こうとして、止めた。なぜだかはわからなかったが、聞いてはいけない秘密のような気がしたからだ。彼らをわたしの部屋のプールに招待したときに、ゲームをやろうと提案したのは、少女だった。常に蘭の花が水面に浮いているその小さなプールは、スイートルームだけに特別に用意されているものだった。普通の部屋にはそのプールはなかったのだ。いつかこの小さなプールで泳ぎたいと思っていたのだ、とその少女は言って、わたしは彼らを自分の部屋に招待した。プールはその周りに植えられた背の高い植物で、外からは見えないようになっていた。

あなたは、その家族は自分の家族なのだといつかわたしに言ったことがあった。

わたしには家族はいない。あの女は勘違いしているのだと思う。だが、あの中年の女と少女と老人がわたしの家族なのではないかと思ったこともある。少女があることを言ったことによって、わたしは一瞬だけそう思ったことがある。わたし達はわたしの部屋のプライベートプールで、知らない他人どうしとして、雑誌を読んだり、世間話をしたりしていた。中年女は雑誌を読み、少女はプールの中で花びらを手のひらで掬い、老人は昔の話をしていた。

その老人の話をわたしは知っている。しかし、あなたはそれを自分の経験としてわたしに話したはずだ。あの町での、話だった。

あの女はわたしが話したことを誤解しているのではないかと思う。ベランダのデッキチェアで、老人は、葉巻をくゆらせながら、ハバナでの話を始めた。老人のハバナでの話のあとで、少女があることを言ったのだった。老人はハバナである時期を過ごしたことがあった。葉巻が好きになったのはそのときの滞在の影響だった。老人が好きな葉巻はコヒーバのロブストスという葉巻だった。

それはわたしの記憶によるとあなたが好きだった葉巻だ。

あの女はわたしから聞いたことと違ったことを、いつも必ず言っているような印象がある。あの老人は、著名な振り付け師で、キューバのダンスを自分のダンスの中に取り入れようとしてハバナに滞在していたのだった。老人は、ある若い女性ダンサーを同行していた。そのダンサーはどうやらその老人の愛人だったようだ。二人はハバナの海沿いのコテージに何ケ月か滞在した。そのダンサーは日本人だったらしい。あまり有名ではない新人で、輝くような才能の持ち主でもなかった。だが、そのダンサーのからだは、特別にきれいだったらしい。特に背中から尻にかけての曲線と窪《くぼ》みを、その若い女性ダンサーと別れたあとも、老人はずっと思い出していた。

その老人はあなた自身だ。

あの女はわたしが言ったことをきちんと理解していない。あの老人は、六十歳を超えていて、わたしよりはるかに年上だった。それにわたしはチリのワインなど飲んだことがない。老人はチリのワインをハバナで飲み続けた。その若い女性ダンサーは、キューバのダンスがからだに合わなくて、毎日泣きながらレッスンに通っていたのだった。老人はそんな彼女を慰めるために、毎日ロス・ヴァスコスという銘柄の白ワインを飲ませることにした。若い女性ダンサーは、ロワールの白ワインが好きだったが、フランスのワインはハバナにはなかった。老人はハバナのマーケットにあるワインの中から、若い女性ダンサーが好きになりそうなものを選び、それがロス・ヴァスコスだった。老人によると、それは、透明感があって強く、どこか悲しい、ワインだった。ロス・ヴァスコスはその女性ダンサーに似ていた。細い腰にある独特の窪みと、背中の強いラインと、小さくてきれいなカーブを描いた尻、それらはロス・ヴァスコスの味わいによく似ていた。

わたしが今まで聞いた話によると、その老人は、あなた自身のことだ。老人はハバナへ行ったことがない。ハバナへ行ったのはあなただ。あの町とはハバナのことだ。その小さなプールで一緒だった家族は、あなたの家族だ。

わたしの記憶は確かに混乱しているが、わたしには家族はいなかったと思う。たぶんいなかったような気がする。混乱しているのはあの女のほうだと思う。わたしがあまりに何度も同じ話をするので、あの女も混乱しているのだろう。老人が、ハバナと女性ダンサーとワインの話をしたあとに、少女が、もう他人のふりをするのを止めよう、と言った。わたしは狼狽《ろうばい》した。少女は、わたしのことを父親だと思っていたようだった。中年の女が、読んでいた雑誌から目を離して、そんなことを言いだした少女を無表情なまま見た。中年の女は非常にヒステリックな感じがした。わたしにはその中年の女の震える神経が目に見えるようだった。そのプールがあるホテルの場所がどこだったのかわたしにはわからない。そのプールとその家族のことははっきりとしたディテールで憶えているのだが、その場所がどこの国だったのかまったく記憶から消えている。南の国の、人が少ないリゾートだったような印象が残っているが、いつ頃のことだったかも、わからない。わたしは二十代だったようでもあるし、三十代だったような気もする。わたしは冬が厳しい山沿いの地方都市で、非常に不幸な少年時代を過ごした。わたしの父親はその山沿いの町に家を建てている最中に失踪した。母親は夜の仕事をしながらわたしを育てた。母親はきつい性格の女で、極端なヒステリー症だった。発作的なヒステリーが起こると母親は必ず何か尖ったものを手にした。それは刃物というより、針のようなものだった。それを手にしっかり握って、わたしの目に近づけた。わたしの母親は誰かの目を何か尖ったもので刺すという行為に憑《つ》かれていたようだ。主にわたしがその犠牲になった。母親が怒りだすと、わたしは緊張した。小さい頃の記憶はその緊張だけだ。わたしは小さい頃、母親の神経が見えるような気がしていた。目に見えるものとしてあって、信号が付着してそれが震えたり、何か化学物質のようなものが絡みついたり、爆発したあとに弛緩《しかん》したり、まるで爬虫類《はちゆうるい》が敵を威嚇するときみたいだと思いながら、わたしは母親の神経を常に眺めていた。母親はいつも突然怒りだした。前兆のようなものはなかった。ビニールが破れて銅が剥き出しになった電気のコードみたいに、ほんの些細なことにすぐに反応した。今から考えると母親は怯えていたのだと思う。成長してからわたしは怯えた人間を多く見てきて、それが母親にそっくりだといつも思ったものだ。母親はわたしが中学二年生のときに農薬を飲んで自殺しようとした。だが、母親は死ななかった。わたしは病院に母親を見舞ったときのことをよく憶えている。母親は薬のために肌が真っ白になっていて、顔が歪んでいるために、まるで誰かにむりやり笑うことを強要されているかのような表情をしていて、涎を流し続けた。わたしはその涎を拭いてやりながら、これで針を目に突きつけられずに済むのではないかという安堵《あんど》感と、あのまま死んでくれたらよかったのにという気持ちが生まれていて、そのことで自己嫌悪に陥った。何かとりかえしのつかないことが起こったのだという不安感と、これで一つのゲームが確実に終わったという奇妙な達成感があった。

あなたはわたしが何者であるか知っているはずだ。わたしはあなたの母親だ。わたしはあなたの心の中に住んでいて、あなたは絶えずわたしに語りかける。わたしはあなたが憶えているような人間ではなかった。あなたは病気がちな、心もからだも弱い人間で、いつもわたしに甘えてばかりいた。あなたは自分で母親を弱く悪い人間にしたり、架空の家族を設定したりして、いつも何かから逃れようとしている。そして危険なのはそのことをあなた自身がよく知っているということだ。常に精神が疲れていて、それがあなたの記憶を曖昧にしているのだとわたしは思う。

あの女が誰であろうとわたしはそういうことに興味がない。だがあのプライベートプールのあるホテルの中庭で会った老人は、わたし自身であったかも知れない。あのホテルに関する記憶がないのは、わたしがそのことを知っているにもかかわらず、自分で自分をごまかしているせいなのかも知れない。中年の女が雑誌を読み、少女がプールで歓声を上げていたとき、あの老人はわたしに若い女性ダンサーとの別れについて語り始めていた。若い女性ダンサーと老人は、そのハバナの旅の三年前に知り合った。女性ダンサーは、三歳からバレエの訓練を受けてきた、というような境遇ではなかった。これ以上劣悪な環境はないという、ひどい環境で育った女だった。ダンサーは老人のことを尊敬していると言い続けたが、それはダンサーとして成功したいために彼女がついた嘘だったようだ。それはその女がついた嘘だったと思う、と老人は何度もわたしに言った。ある夜、その女は、老人と二人でいつものようにロス・ヴァスコスを飲んだあと、もうからだが動かないと泣き始めた。もうこれ以上は踊れない、と泣きながら、あなたとこうして一緒にいるのは、あなたを愛しているからではなく、あなたといればダンサーとしての仕事があるからだ、というような告白を始めた。老人は、泣かなくてもいいと言って、その女にソファに横になるように促し、彼女のからだをうつ伏せにして、服を脱がせ、マッサージを始めた。その女に対しても、他の誰に対しても、マッサージなんかそれまでしたことはなかった。それまで何度となく触れてきた女の背中を、背骨に沿って指で押すと、女は今までに聞いたことのなかった低く掠《かす》れた呻き声を出し、女のからだから汗が出てきた。

その老人はあなた自身だ。

その老人が誰であるか、それはわたしなのか、それとも他の国の誰かなのか、そういうことはどうでもいいことだ。あの女にはそれがわかっていない。あの女はわたしの母親であり、わたしとあの老人の愛人だったあの女性ダンサーであり、あるいはわたし自身であるかも知れない。

そう、わたしはあなた自身だ。

あの老人は女の背中と尻の肉を指で押し続けた。あの老人と同一人物であるわたしの額や首筋から汗が噴き出し、それが垂れて女のからだに落ちていった。あのプールはどこにあったのだろう。今わたしはそのことを思い出そうとしている。わたしの母親はどこにいるのだろうか。あの女はどうしてわたしの目を針で刺す真似をしたのだろう。あの少女はプールでわたしに向かって笑いかけたが、そのあとに、もうゲームは終わりにしましょうと真剣な顔で言った。わたしは、農薬を飲んで肌が真っ白になった女を見て、これでゲームは終わったと思った。ゲームはいつか必ず終わる。

あなたが生きている限り終わらないゲームもある。

あの女の声はわたしの内側から響いているのだろうか。わたしはそれをどうやって聞いているのだろう。わたしはあの女に会ったことはない。今、わたしは机の前に坐り、少し甘めの紅茶を飲みながら、過去へと旅立つにはどうしたらいいのかを考えている。わたしは引退した戯曲作家であり、ダンスの振り付けをやったこともある。わたしは厳しい冬が続く山沿いの地方都市で生まれた。いつも水面に蘭の花が浮いていた、あのプールはどこの国のリゾートにあったのだろう。老人とわたしは、女の背中の窪みに溜《た》まっていく汗をじっと眺めていた。それは、女とわたしと老人の汗が混じり合ったものだった。わたしはあの女に語りかける。あの女もわたしに語りかける。あなたの記憶は曖昧だ。あなたはその老人で、わたしはあなたの母親であり、そしてもちろん、わたしはあなた自身だ。わたしが、今、古い木の椅子に坐っているこの場所は、すべての人間達に、わたしが出会える唯一の場所だが、わたしはここから出ることができない。あなたは自分で自分を閉じ込めてしまった。わたしは多くの人達とここで会話し、これまで訪れた海外のいろいろな街へも自由に行くことができる。あなたは誰にも出会うことができない。あのプールはどこにあったのだろう。中庭には孔雀がいた。あの少女は、あの女だった。あの少女はわたしだった。あの少女は、もうゲームを続けるのは止めましょうと言ったのだった。あの少女は死の象徴だった。わたしはあの孔雀が羽を広げていた中庭で、わたしの母親とわたし自身とそしてわたしの死に出会ったのだった。あなたはハバナでわたしと一緒だった。わたしはダンサーではなく、あなたは振り付け師でもその他の何者でもなかった。わたしは何者でもなかった。わたしは自分のことを死者のようだと小さいときから思っていた。あの女が針やアイスピックを目に近づけてきたときに、自分は死んでいるのだから恐くはないのだと自分に言い聞かせた。あのプールはどこにあったのだろう。あのプールはあなたの心の中にあって、その他の場所にはどこにも存在しない。蘭の花を水面に浮かべたプールは確かに存在していた。それはヒステリックな中年女と少女と老人とわたしが偶然出会って楽しい時間を過ごした場所なのだ。わたしはあのときあのプールサイドで雑誌を読んでいた。わたしはあの赤土をきれいに敷き詰めた中庭であなたに話しかけられたときのことをよく憶えている。孔雀が羽を広げていて、空へと勢いよく伸びるナツメ椰子の木が何本もあって、その彼方では数千羽の鳥達が朝靄《あさもや》の中を群れをなして飛んでいた。老人とは今でもときどき会って話すことがある。老人はあなた自身だ。老人はワインのことをわたしに話してくれる。十八世紀の半ばにスペインから移住したバスク人達によって、ロス・ヴァスコスの礎は築かれた。ロス・ヴァスコスとは、バスク人達という意味だ。ロス・ヴァスコスは、透明感があって、強く、どこか悲しい。その味はあのダンサーのからだに似ていた。老人とわたしは、あの女の背中と尻を指で押していたとき、こうやってワインは造られるのではないかと思ったものだ。泣きながら裸で横たわる女がいて、その傍らには死と別離の予感に囚《とら》われた男がいる。二人の汗が女の背中と腰の窪みに溜まっていく。今この汗を舐めたら、と老人とわたしは思った。裸で横たわりながら同じことをわたしも考えていた。この汗を舐めたらきっとさっき飲んだワインの味がするだろう。わたしも老人もあれ以来ロス・ヴァスコスを飲んだことがない。あのプールがどこにあったのか、あの少女は死の象徴だったのか、あの女は本当にわたし自身なのか、わたしはわからない。だが、あのワインの味だけは、わたしも老人も、はっきりと憶えている。

チェレット・バローロ

幼い頃から幸福という概念がわからなかった。幸福という概念がわからないと言うと、その頃家にいた大人の人が青い鳥の話をしてくれた。幼い兄妹が幸せの青い鳥を探しに行って、さまざまな道を辿《たど》るのだが、結局は彼らの家の中にいた鳥が青い鳥だったという、簡単に言えばそういう話だった。それが幸福の正体なのだと、その大人の人はそう言ったが、わたしにはよくわからなかった。

わたしはビデオ作品を作る会社でプロデュースの仕事をしている。その会社は銀座の狭い路地の小さなビルの中にあって、主にプライベートなメモリアルビデオや自伝的なビデオの制作をしていた。少し前は還暦や退職、それに何か賞を受けた記念としてビデオを作る人が多かった。それも本人ではなく、周りの人達がプレゼントとして制作を依頼することが多かったのだが、今は本人が、単に歳《とし》をとったというだけで自伝的なビデオの制作を依頼してくる。ビデオはたいてい二十五分ほどの長さだ。昔の八ミリ映画の愛好家でもない限り素材が足りなくて長い作品は作れない。クライアントからは写真のアルバムを提供してもらう。例えば結婚や進学や入社や昇進といったエポックの写真の前後ではその頃のニュースフィルムを使ったりして時代背景を示す。ナレーターに有名なアナウンサーを使うと料金は非常に高額になるが、希望する客は多い。社員は数人で、社長はまだ若く、親からの出資金で会社を始めた。わたしが彼より年上のせいもあるのだが、社長からは仕事のことに限らずよく相談を受ける。彼自身の私生活や恋愛に関することだ。

その会社に勤める前、わたしはCFやPRビデオの制作会社で何年か仕事をした。海外ロケが多い時代で、南仏やイタリアやスペインのリゾートアイランドでビデオカメラを回すだけで、営業やプレゼンなどしなくても作品はいろいろな企業に受け入れられた。わたしは語学が得意だったせいもあって、当時はよく海外ロケに同行した。同級生の中ではわたしのような仕事をしているものはあまりいなかったと思う。わたしは関東と東北の境目にある小さな町で生まれて育ったので、中学や高校の仲間は地元で就職したり早い時期に結婚したりしている人が多かった。たまに同窓会やクラス会に行くと昔の仲間はわたしの話を聞きたがった。わたしが高校に通っている頃の、町内の商店街の大晦日の抽選の景品の特等が東京ディズニーランドへお二人様ご招待だった。そういう町だった。

そういった町の高校を出て東京の西の外れにある専門学校に行った。ビデオの制作を学ぶ学校だった。実家からは充分な仕送りがなかったのでわたしは英語の勉強を兼ねて外資系の金融会社でアルバイトをした。コピーをとるとかファックスを流すとかバイク便を頼むとかそういうつまらない仕事だったが、社員はみな英語ができたし、彼らの話も刺激的だった。彼らはみな野心的で夜遅くまでコンピュータの前に坐り宅配のピザを頬張りながらシンガポールやロンドンと交信し、これまで旅行したり滞在したりしたことのある海外の町のことをわたしに話してくれるのだった。専門学校では実際に何本かビデオの作品を共同制作した。誰か好きなアーティストの楽曲を決めて、そのプロモビデオを作るのが主な実習で、わたしは自分の好きな曲を選んで作品を作り情報誌のコンペティションで賞を取ったりした。わたしが中心になって作った作品のひとつに、グローバルシティというノイズ系のグループのコンフリクトというタイトルの曲があった。コンフリクトはギターアンプからの雑音と町の道路工事の騒音で構成されていてわたしはその曲にプラスチックの眼鏡のフレームが強い酸の中で溶けていくアニメーションと放心状態で壁を眺める精神分裂病の患者の写真を組み合わせてビデオ作品を演出した。

高校時代のわたしはほとんど目立つことのない人間だった。バトントワラー部に半年くらい在籍したが人間関係がうまくいかなくてやめたし、友達もあまりいなかった。一人だけ、永井トモコという幼い頃からの友人がいたが、彼女とわたしは生まれ育った環境が違った。永井トモコは母親がいなくて父親だけに育てられたそうだ。わたしは彼女のことが気に入っていたのでそういう問題はどうでもよかった。何度か彼女の家に行ったことがある。川沿いにあって、細長い造りの陰気な雰囲気の家だった。家の中に入ると古くなった野菜の匂いがして、茶の間のすぐ後ろの部屋で老人が寝ていた。老人はわたし達が部屋に入り話し声を立てても目覚めることがなく、永井トモコはその老人のことを自分の家族ではないのだと言った。永井トモコは性的に早熟で彼女は小学生の頃に自慰のやり方をわたしに教えた。彼女は公園の砂場などで地面にしゃがみ込むように坐り下着の上からお尻の割れ目のあたりを擦《こす》って見せた。こうすると傍に大人がいても何をしているか気付かれることがないのだと言った。自分は昔は大きな家に住んでいたのだと永井トモコはいつも言っていた。こんな小さな川じゃなくて、と家の前の川を指差しながら、ベランダや窓から海が見える大きな家に住んでいたのだと言った。

小学生の頃、両親はわたしが永井トモコと一緒に遊ぶのを嫌がった。両親は共働きで昼間は家にいないことが多く、わたしには兄妹がいなかったから家に永井トモコがよく遊びに来ていたのだった。あの子が来ると何かがよく失くなる、と両親が話しているのが聞こえてきたことがある。大したものではなさそうだった。トマトケチャップとか雑誌とかボールペンとかそういうものらしかった。わたしの父親は友人と共同で傘や下着を売る店を経営していた。結婚後しばらくは母親もその店を手伝っていたが、やがて仕事を替えた。永井トモコはわたしの両親の前では微妙に態度や話し方が変わった。わたしの両親の前では声が甲高くなったし、不自然な笑顔をいつも浮かべていた。永井トモコは二人きりで遊んでいるとき、親はいないほうがいいのだというようなことを言った。

少なくとも父親は絶対にいないほうがいいとよく言っていた。

わたしは家で一緒に暮らしている人のことを親だと思ったことはない、いつもそういう風に永井トモコは話し始める。犬を拾ってからそういう風に思うようになったのだと思う。川の傍に捨てられた子犬を拾って家に帰ると、一緒に住んでいる大人が、置いてあった場所に返しておいでと言った。言いなりになるのがいやだったので、わたしはその子犬を川に投げ込んで殺した。それ以来あの人達のことは一緒に住んでいるただの大人だと思っている。親だと思うと彼らのことがよくわからなくなる。生まれてから一度もわたしは今家に一緒に住んでいる大人に可愛がられたことがない。可愛がられるということが具体的にどんなことかもわからない。あの大人はわたしを抱きしめることがある。幼い頃もきっと抱きしめられたことがあったのだろうと思う。本で読んだことがあるが抱きしめられたことがない子供は残酷になるらしい。わたしは残酷になりたい。残酷なことをするのは強い人だと思う。わたしが虫の羽を千切るとき、虫は何もできない。わたしは虫だと自分のことを思うことがよくある。よく注意して見ないとわからないような虫が机の紙の上なんかにいるでしょう。あなたああいう虫になりたい？　そういうことを永井トモコと話してなりたくない、とわたしは永井トモコに答えた。

いるうちに、わたしも両親のことを親ではなく家にいるただの大人だと思うようになった。そう思うことはわたしにとってとても自然で、それからは親と一緒にいても疲れないようになった。幸福についていろいろと話してくれたのも永井トモコだ。幸福になりたいけど別に幸福になる必要はないのかも知れない、と彼女はいつもそう言っていた。永井トモコは高校を出たあと、看護婦になるための学校に行き、何か薬を盗んで退学になったそうだ。わたしはそういうことを当時わたしの家に住んでいた二人の大人から聞いたが、それが事実かどうかはわからない。

専門学校に通っている頃わたしには恋人のような男が何人もいた。学校もアルバイトも休みの日は、ラブホテルの割引時間をうまく利用するために朝早くアパートを出て渋谷か新宿で待ち合わせをして喫茶店でトーストとかドーナツみたいなものを食べホテルに行ってセックスして町を歩いてファミレスでご飯を食べて帰る、そういう風に決まっていた。そういうことが楽しかったのかどうか今考えるとわからないが、たぶん楽しいとかそういうことはどうでもよかったのだと思う。当時のわたしは男から大事にされるのが好きだったし、男がわたしのために自分の時間やお金を使うのを確かめるのが好きだった。

専門学校をもうすぐ卒業するという頃、渋谷のラブホテル街で永井トモコと偶然に会った。永井トモコも男と一緒でお互いに驚いてしまい慌てて簡単に挨拶しただけでほとんど話をすることができなかった。電話番号を交換したのでわたしは一人になってからその日のうちに電話した。永井トモコは都内に住んでいて、電話で話しているうちにわたし達は会いたくなって、彼女はその夜わたしのアパートに遊びに来た。昼間会ったときには気付かなかったが永井トモコは高校の頃と雰囲気が変わっていた。わたしのアパートまで来るときも男が車で送ってきた。紺色の大きな車だった。男が帰っていくときに永井トモコは送って貰ったお礼も言わず、何か言おうとした男を無視してわたしのアパートに入ってきた。昼間に渋谷で一緒だった男かどうかはわたしにはわからなかった。そのことを聞くと、永井トモコは別の男だと答えた。車で送ってきた男は歯科医で昼間一緒だった男は不動産のブローカーだということだった。ゴミのような男達だと永井トモコは言った。高校を出て看護婦の学校に行って好きな人ができたけどその人といるときは本当に苦痛だった、と彼女は言って、わたしにはそれが理解できるような気がした。病院の先生だったんだけど顔はタイプだったし優しい人だったと思う。独身で若かったし、一緒に海外旅行にも行った。でもすぐに一緒にいるのが苦痛になってきた。いろいろな話をしたり音楽を聴いたりビデオを見たりするんだけどものすごく疲れてしまう。わたしがアイスが食べたいと言うと車で買いに行ってくれるような人で、ピアッチェというイタリアのアイスが食べたいと言うとピアッチェはコンビニに売ってなかったからものすごく遠くまで車で買いに行ってくれた。そいつと一緒にいるのが苦痛になってくるといつも何かが食べたいと言えばそれでよかった。あるときそいつがわたしの足を舐めたいと言うので舐めさせてやっているときに急にそいつの顔を踏みたくなって踏んでやったらすごくうれしそうにするので足の指を口の中とかに入れたりしてやった。今ではその男のことが本当に好きだったのかどうかわからない。男は他にもたくさんいたし、どの男もあまり変わらなかった。東京に出てくる前に埼玉にしばらくいたんだけどアルバイトでイタリア料理店の主人と知り合ってその男はわたしとセックスしたいものだからいつも店が終わってからわたしにワインをくれた。あの頃はたくさんワインを飲んだ。いちばん好きだったのがチェレットのバローロで、今日それを買ってきたんだけど、さっきの男が青山まで行って買ってきてくれたもので、あの男だってわたしの言うことをなんでも聞く。あの男はわたしが喜ぶところを見たいといつも言うんだけど、わたしはあの男が何をしてもうれしくない。

永井トモコのそういう話を聞きながらわたし達はそのワインを飲んだ。ワイングラスがなかったので、普通のタンブラーのようなコップで飲んだ。そのワインからは薔薇の花の香りがした。わたしはそういうワインを飲んだことがなかった。永井トモコはそのあともよくわたしのアパートに遊びに来た。必ずその同じワインを持ってきてくれて、わたしはそのためにワイングラスを買った。ゆっくりとワインを飲み、長いこといろいろな話をした。わたしのアパートは西荻窪の南口の狭いワンルームマンションだったが、いい部屋だと永井トモコはいつも言っていた。その頃彼女がどういう部屋に住んでどういう生活をしていたのかわたしは知らない。だが、その頃もやはり幸福について話をしたような記憶がある。自分が幸福かどうか考えたことはない、と永井トモコは言った。幸福ではなくても生きていけるし、まだ二十年と少ししか生きてないけど幸福より大切なものがあるような気がする、それが何なのか言葉にできないし、これからもそれが何なのかわからないかも知れないけど、確実にそういうものはあるような気がする、永井トモコはそういうことを言ったあとに、つい最近見たという映画の話をしてくれた。主人公はハンガリー人で第一次世界大戦でオーストリア・ハンガリー帝国軍の兵士として戦いロシアの捕虜になる。彼は革命で内戦が起こったロシアの収容所を脱走し、ただ生き延びることだけを考えてシベリアを逃げ回る。革命軍に参加したり、反革命軍の側についたりして、非常に不愉快なことを重ねながら、つまり周囲の人を常に裏切りながらやがてハンガリーの故郷に辿りつく。彼は故郷で家族のために事業を興して成功する。その男は反省しないのだと、永井トモコは言った。シベリアで人を殺したり密告したり拷問したり裏切ったことを絶対に反省しない、そのことに感動した、そう言った。その映画は幸福そうな家族の食卓のストップモーションになって終わるらしかった。幸福の陰には、と永井トモコは言った。その外側に裏切りや殺人が必要なのではないだろうか。別に人を本当に殺さなくてもいいかも知れないし、本当に他人を裏切らなくてもいいのかも知れないが、その外側で、生き延びるための戦いが行なわれていないと幸福は幻になってしまうのかも知れない……。

ＣＦやＰＲビデオを作る会社に入って、よく海外に行くようになり、イタリアにも何度も行ったがどういうわけかチェレットのバローロを飲む気になれなかった。永井トモコと一緒に飲むワインなのだと思っていたのだと思う。そのかわり永井トモコと一緒に飲むために必ずワインショップでバローロを買った。CFやPRビデオの制作はどうしても好きになれなかった。わたしは主に現地のコーディネーターとの連絡役みたいな仕事をしていたが、演出や編集といったことをやってみたいとも別に思わなかった。何か仕事の内容や会社のスタッフに不満があるわけではなかった。単純につまらなかったのだ。その会社にいた頃も恋人はいた。アルバイトをしていた外資系の金融会社で知り合ったトレーダーで、その男はよく海外までわたしを追って会いに来た。その男と一緒にワインを飲むことはなかった。その男が一緒ではないときにはわたしは外国人の男とセックスした。外国人の男が性器を舐めてくれるときには自然だと思ったが、その日本人のトレーダーの男が同じことをすると不自然なものを感じた。外国人はカルパッチョやモッツァレラを味わうように舌を使ったが、日本人の男はまるで残飯を漁《あさ》る家畜のようにわたしの性器を舐めた。

日本に帰ってくると必ず電話して、永井トモコに会った。その頃彼女は横浜で輸入物の雑貨やスカーフなどの店を任されていて、商品を仕入れるために南アジアなどへ頻繁に行くようになっていた。イタリアからチェレットのバローロを買ってくるのはわたしの役目になった。犬のような男達が多いとそういうことを彼女はワインを飲みながら言った。男達は、決して犬のようにはならないように、犬のようにはセックスを欲しないように何らかの訓練をする必要があるのではないだろうか、永井トモコはそう言って、実際に犬として彼女と付き合いたいと言ったという二十代の若い男の話をしてくれた。その若い男は変わった考えの持ち主で、本ばかり読んでいて定職にはついていないらしかった。そういう男とどこで知り合うのかとわたしは聞いた。真夜中のクラブだと永井トモコは答えた。その男は知り合った次の日にデパートに行って、まずジョイの香水を買ってくれた。前夜に永井トモコがジョイの香水が好きだと言ったからだった。信じられないことにジョイの香水を買えば永井トモコが無条件に喜ぶとその若い男は思っていたようだ。彼は慎重に言葉を選びながら香水を買ったお金をいかに苦労して貯《た》めたかを説明した。苦労して手に入れたものをプレゼントしさえすれば相手は必ず喜んでくれるとその若い男は信じているようだった。その日は横浜のほうで食事をしたり港を見に行ったりしたが、今ぼくと一緒で楽しいか、と何度もその若い男は聞いた。港の傍にあるホテルの最上階のレストランで、これがおいしいらしいと言って彼はカレーライスをオーダーした。港が一望できるレストランだった。カレーライスも有名だけど一緒に出てくる薬味がすごいんだ、とその若い男は言った。大きな皿に二十種類近くの薬味が出てきた。福神漬やらっきょう漬やピクルスやインド風のチャツネの他にゆで卵をきざんだものやタマネギのみじん切りや砕いて粉にしたアーモンドやフライドガーリックのスライス、かりかりに揚げたベーコンのチップまであった。トマトと海老のカレーは日本人向きの味付けだった。味に深みがなくただ酸っぱいだけだと永井トモコは思い、そのことを正直にその若い男に言った。チャツネが偽物だということも言った。本物のチャツネは新鮮なマンゴーから作られるがこれは缶詰だ。そういうことを言うとその若い男は泣きだしそうな顔になった。何とかしてあなたに喜んで貰いたいんだ、と彼は言った。どうしたらあなたは喜んでくれるのだろうか。永井トモコは小さいときに犬を飼いたかったという話をした。実際に捨てられていた子犬を拾ってきたことがあるが結局飼うことはできなかった。それ以来犬を飼いたいとずっと思っていたが一人暮らしだったし留守がちなせいもあってまだ犬を飼ったことがない。そういう話をすると、その若い男は、ぼくが犬になることができる、と言った。あなたは犬になったぼくが苦しむのを見て喜べばいい、若い男がそう言って、犬は犬であることで苦しんだりしないのだと永井トモコは言った……。

　自伝的なビデオを作ろうとする年輩のクライアントからわたしは必ず気に入られる。わたしの会社はそういった自伝ビデオの制作の広告を中高年向けの雑誌に出していて、電話や来訪者には主にわたしが応対する。自伝的なビデオを作りたいという中高年の男は、その全員が自伝など作りようがない人生を送ってきている。本当に自伝に値するような人生を送っている人は決して自伝など編もうとしない。わたしのところにやってくる中高年の人々はすべて病気だ。彼らは思い出の場所にわたしを案内する。都内の公園だったり並木道だったりデパートだったり結婚式場だったり書店だったり建設現場だったり彼の会社のオフィスだったりする。現在は閑職に追いやられていても、とりあえず昔は成功していた人が多い。彼らは社史に載った自分の名前を必ず見せようとした。

　制作契約がまとまるとよく食事に誘われる。そんな男達と食事を一緒にするのは耐えられないので、簡単にホテルのバーなどで飲むことが多い。男達は、そのホテルのバーが自分の行きつけの店で自分がいかに大事にされているかということをまずわたしに示そうとする。ボトルを出してくれとか最近誰それは来るのかとか今日はピアノの演奏はないのかなどとウェイターに敬語を使わずに横柄な口調で話しかける。そして、昔このバーで数十億の取引をまとめたというような思い出話を始めたりする。彼らには友達がいない。仕事仲間やゴルフ仲間はいるが友達と呼べる人間がいない。だがそのことに気付いていない。失礼だけどあなたみたいな女性は結婚とかする気がないんでしょうね、みたいなことを必ず聞く。彼らは周囲を気にするが、それは周囲に気を遣って大声を出さないということではない。周囲から自分がどう見られているかを気にするのだ。だから自分をアピールできるように逆に大声で喋る。今自分は成功した人生の記念として自伝的なビデオを作ろうとしていてその制作者の女性とこうやって飲んでいるのだということを周りにそれとなく伝わるように大声で話すのだ。大声を出せば出すほど彼らが怯えているように見えた。この男達はいったい何に怯えているのだろうか。数十年も生きてきて不安に対処する方法も知らないのだろうか。この男達は何を信じ何に頼って生きてきたのだろうか。ホテルのバーで、わたしはそういうことを考える。幼い頃一緒に住んでいた大人と同じ年頃の男達だ。ビデオの制作を依頼し料金も払い込んで作品が完成してから自殺してしまう男が何人かいた。彼らはでき上がったビデオを会社のモニタールームで見たあとで、それを遺書代わりに自殺する。ビデオの制作は家族に秘密にしてあることが多い。そういうケースでは、家族はビデオを引き取るのを拒否する。自殺した人間のことを積極的に思い出そうとする人はいないからだ。自殺がどれほど残された家族や親しかった人の生きる勇気を奪うものか、実際に遺族と接してみないとわからない。遺族は制御できない悲しみと怒りに包まれている。加害者も災害の責任者もいないから、怒りは自殺した当人にしか向けることができない。だがもちろん当人が怒りに反応することはない。それにごく親しい人間に怒りを向けることはむずかしい。怒りがどこかで溶けてしまうのが家族であり親友なのだ。

わたしが前の会社を辞めた頃、永井トモコは、アロマテラピーやダイエットハーブのブームで繁盛していた横浜の店を使用人に任せ、現地に通っている間に習い覚えた南インドのマドラスの民族舞踊を教える教室を開いた。わたし達は年に二、三回会って、そのときはやはりバローロを飲む。

ある夜、三軒茶屋にあるわたしのマンションを半年ぶりに永井トモコが訪ねてきた。二人とも三十代の前半になっていた。バローロを飲むグラスも変わった。最初に永井トモコがチェレットのバローロを持ってきてくれたときは普通のタンブラーのようなコップで飲んだのだが、今わたしの部屋には十数種のワイングラスが揃《そろ》っていた。永井トモコの部屋にはもっとたくさんのグラスがある。わたし達は濃い赤の表面に金色の縁取りのあるベネチアングラスで乾杯した。いつもと変わらない薔薇の花の香りがした。わたしはブスタッファのモッツァレラとスペインの生ハムをバローロのために用意した。わたしの仕事に話題が移り、自殺した男の自伝ビデオについて永井トモコに説明した。もしそういうビデオがあるんだったらそれに昔のわたしの客が映っているかも知れないと言って、彼女は笑った。わたしと最初に渋谷で会った頃、彼女はたまに売春をしていたのだそうだ。お金に困っていたわけではないが、あの頃は何か男が喜ぶことをしてみたかった、永井トモコはそう言った。あの頃わたしに寄ってくる男はわたしを喜ばせようとしていろいろなことをしたが、本当はわたしのほうが男を喜ばせて男が喜ぶところを見てみたいと思っていた。舐めてあげたりして男が気持ちよさそうな声を出したりするのを確かめてみたかった。わたしは誰かを抱きしめてあげることができる女かどうかを試していたのかも知れない。抱きしめたりすると人は喜んで何か特別な感情が生まれるのかどうか知りたかった。普通の付き合いでは男はわたしの言うなりだったし、顔に唾を吐きかけたり顔を足で踏みながら罵《ののし》ったりしても男達は喜んだので、抱きしめたり舐めてあげたりする機会がなかったし、そういう気持ちになれなかった。金でわたしを買う男だったら、抱きしめて舐めてあげてその反応を確かめることができるのではないかと思ったのだった。渋谷の暗がりでわたしを買おうとする男達はみな死人のようだった。彼らを見ていると昔濁った川の流れに呑《の》まれていった子犬を思い出した。本当に殺してやろうかと思ったこともある。抱きしめたり舐めてあげようと心から思う男はいないのだとわかって売春はすぐにやめた。あれ以来中年の男の自殺のニュースとか聞くと、あの頃のわたしの客ではないかと思うようになった……。

そういうことを言ったあとで、永井トモコは、最近幸福というものがわかってきた、とベネチアングラスを指差し、微笑んだ。

バローロの香りに代わるものは、他では探すことができない。

シャトー・ディケム

あなたから鞭《むち》で打たれ泣いたとき、あなたはどうして泣いたのかとわたしに聞いた。わたしは、昔のことを思い出して切なくなったからだと言った。もしよかったら詳しく話してくれないか、とあなたはわたしの鞭の痕に触れながら言って、わたしはこの人は何もわかっていないのだと思った。

最初わたし達が出会ったとき、うまくやっていけそうだというような意味のことをあなたは言った。歌舞伎町の小さなバーだったが、最初にいつどこで出会ったかなど、そんなことにはあまり意味がない。

アジアへはよく行くのか、知り合ってからしばらくしてあなたはわたしにそう聞いた。また二週間ほどタイとインドへ行きます、わたしが留守番電話にそう吹き込んでいたことによって、あなたはわたしが時々タイやインドへ行くことを知ったのだった。アジアのことはある写真集で知った。原色の衣装を着た女達がいて、香料がページから匂ってくるような写真集だった。あるページに両脚がない男の写真があり、切断した両脚の先端がチョコレート色で砲弾のように尖っていた。

その写真集を見たのは、初めて水商売というものを経験した新宿のバーだった。そのバーは歌舞伎町と大久保の境目にあって、テーブルが三つとカウンターだけの小さな店で、数人の女の子が働いていた。経営者は初老の男で、名前を坂崎といった。坂崎には写真が好きな若い妻がいて、店の壁には大きく引き伸ばしたいろいろな写真が飾ってあり、サイドテーブルの下に何冊かの写真集が置いてあった。その妻の名前は照美で、照美はわたしより八歳年上で、その頃二十七歳だった。

その歌舞伎町のバーでわたしは他の女の子達から陰湿ないじめを受けた。わたしは学生だったので店から衣装を借りていた。それほど派手な衣装ではなく、ごく普通のワンピースやスーツが多かった。勤めだして一週間もすると、わたしの衣装には待ち針が刺さるようになったし、靴の中にはていねいに潰されたゴキブリの死骸《しがい》がよく入っていた。わたしは非常に厳格な父と従順でヒステリックな母に育てられ、幼児の頃から日常的に体罰を受けてきた。母からも父からも体罰はあったが、母のほうは父がいないときに限ってわたしを罰した。父は常にわたしと母の両方を同時に罰した。体罰は儀式化されていた。

美しいマゾヒストというものは原則的に存在しないがお前だけは例外だ、あの男がわたしの顎に手をかけて顔を眺めながらそう言うとき、わたしは素直にうれしかった。わたしは自分の顔をよく見たことがないし、他人の顔も正面から見ることはできない。他人がわたしの顔を正面から見ると、必ずその場から逃げ出したくなる。そのことについてあの男はいろいろなことを言ってくれたが、わたしが他人の顔を正面から見ることができない理由が明らかになったとしても、たぶん何も変わることはない。

他人がわたしを正面から見るとわたしのからだの奥のほうがざわざわと騒ぐ。胃の裏のあたり、頭で考えても制御できない場所をちょうど虫が這《は》っているような感じになる。昔しょっちゅう蕁麻疹《じんましん》ができていた頃、こうやって皮膚にブツブツができているときは内臓にもブツブツができているんだよ、と医者に言われたことがある。内臓にできている発疹をわたしは意識することができた。胃の粘膜をイメージして、それを舐める長く柔らかい舌のようなものを想像する。からだを硬い殻に被われたセンザンコウという動物は軟骨の鞘《さや》に収められた長い舌を伸ばして主食の蟻を食べる。そういった具体的な舌をまずしっかりイメージし、それが胃カメラのように口から伸びてきて胃の粘膜を舐めているところを想像すると、内臓にできた発疹を実感できる。同じように内臓の内部や表面を虫が這っているところも実感できる。他人がわたしの顔を正面から見るときにはそういう実感があった。不思議なことにほとんどの人は気付いていないようだが、人間は話しかけるときに、相手の顔を正面から見るものだ。掃除や洗濯や料理をしながら、あんたももう少し生き方とか考えないとね、と相手の顔を見ないで話す場合もあるが、それは実のところ相手が親しい場合に限られる。わたしには両親を含めて親しい人間などいないから、あらゆる人はわたしの顔を正面から見て話しかけてくることになる。

そうやって誰かがわたしの顔を正面から見る瞬間に、虫は内臓の裏側や表面を這い回り、やがて内臓の壁を引っかき、食いちぎろうとするようになる。そのときの違和感は耐え難いもので、逃れる方法はひとつしかない。それは相手より先に相手に話しかけるというものだ。話題は何でもいいし、相手の反応などどうでもいい。大切なのは相手がわたしの顔を正面から見ているという苦痛から逃れることで、それを中和するためにわたしは微笑みとともに突然喋りだすことを学んだ。そうすると、相手のまなざしが消える。相手はわたしの話を聞くためにわたしを見ていることになってしまう。そういうときわたしが喋りだすことはリアルな話題になることが多い。天候や季節に関するどうでもいい話題や挨拶の延長のような話では効果がない。意表を突かれて相手のまなざしが消えるためには、話題は核心を突くリアルなものでなければいけないのだ。あなた目が赤いけど飼っている猫が死んで泣いたんじゃないの？　そういうことをわたしはよく言ったものだが、もちろん相手が猫を飼っているかどうかそんなことはどうでもいい。相手は少なからず驚き、まなざしを消す。あ、そうだ、ずっとあなたに言おうと思っていたんだけど照美ママは人を殺す夢を毎晩見るんだって。重要なのは、どちらかといえばはきはきとした声でそういうことを話しかけるということだ。微笑みは決して忘れてはいけないし、ときには笑い声を上げてもいいし、相手の肩などを軽く叩くのも効果的だ。

あの男とはそのバーで知り合った。あの男はカメラマンで坂崎夫妻の友達だったようだ。誰と誰は友達で、誰と誰は友達ではない、わたしにはそういうことがわからない。よく言われる通りに友達というものが本当にいいものなら、わたしも友達を持ってみたいと思っている。ただ友達を持つという感覚がわたしにはよくわからないのだ。

わたしが横に坐ると、写真を撮らせてくれとあの男は言った。おれの写真は芸術じゃないし、きれいな写真でも、モデルの内面を表わしている写真でもない。あの男はわたしの顔を正面から見つめた。信じられないことだが、内臓の虫が沈黙していた。内臓が騒がなかったのだ。じゃあ、あんたは何を撮るのよ、と照美ママがカウンターの中から大きな声で言って、あの男は、表面だ、と答えていた。

「ただの、表面だ」

あの男は非常に有名なカメラマンだった。わたしはその次の日にあの男の泊まるホテルへ行き写真を撮られた。西新宿の超高層ビル群の夜景が見える広い部屋だった。お酒を飲むかと聞かれ、ワインなら飲めます、とわたしは答えた。わたしは裸になって縛られることになった。あの男はわたしに了解を取ろうとしたが、わたしは、あなたが言うことは絶対に拒否しません、と言った。今日だけじゃなくて、この先いつまでも、永遠に、あなたが言うことには従います。あの男は下着の上からわたしの太腿《ふともも》や胸やお尻を触り、悲しいくらい柔らかい、と言った。お前はこういうことを別に知る必要はないが、若いのに尻の肉が柔らかい女というのは子供の頃にひどい目に遭っている女が多いんだ。幼児や子供は親に依存しているものだ。自分一人では生活できないからしようがない。

幼児や子供にとって親は世界全体に等しい。親からひどいことをされる子供の脳からはアドレナリンか、それと似たような作用の物質が分泌《ぶんぴつ》される。それは生命の危機にさらされたときに分泌されるもので、闘争または逃亡のためにからだの働きを整える。猫に追いつめられたネズミからもアドレナリンは大量に出るんだよ。心拍数は上がり、血管は膨張し、血糖値も上がる。戦う態勢と逃げる態勢が整うわけだが、子供は逃げることはできない。だってどこにも行くところがない。親とは戦うこともできないし、親からは逃げることもできない。もっと厄介なのは幼児や小さい子供の頃は親のことを嫌いにはなれないということだ。親からひどい目に遭った子供のからだの中ではアドレナリンが垂れ流しになっていて、やがて虐待が日常化してしまうと、慣れが起こって、アドレナリンはもう分泌されなくなる。垂れ流しのあとでアドレナリンが分泌されなくなると、人間の活動は異常に低下する。反応が鈍くなり、血流が減り、無表情になる。そういう過程で尻や太腿の肉にも張りが失われていく。そういう人間はコミュニケーションが基本的に不可能になってしまう。他人と自分にあるのは不信感だけで、自分のことを好きになることがものすごくむずかしい。

あの男はそういうことをわたしに言った。よくわかるところもあったし、理解できないところもあったが、他人の話をずっと聞いていて頭が痛くならないのはわたしにとって非常に珍しいことだった。あの男はホテルの地下のフランス料理のレストランに電話をして、フレッシュフォアグラのソテーを部屋まで持ってきてくれ、と頼んだ。フォアグラを食べるのは初めてだった。あの男が泊まっていた部屋は、ベッドルームの他にリビングルームもあった。リビングルームにはソファやライティングデスクやホームバーがあり、全面がガラスの広い窓にシャンデリアが映って、その細かい光と重なるように隣の超高層ビルがすぐ間近に見えた。夜の九時を過ぎていたが、向かいのビルの中のオフィスではたくさんの男や女が机に向かって仕事をしていた。正方形の窓枠で仕切られたそのオフィスはまるで何か昆虫の巣のようだった。

わたしはあの男に支配されたいと思ったし、今もそう思っている。あの男とそうやって知り合ってから、わたしは裸で縛られることを仕事にするようになった。わたしはいろいろなクラブに所属し、どのクラブでもうまくいかなかった。店の経営者はお金のことを第一に考えているし、大半の女の子にしても同じだった。ごくまれにわたしと同じような女の子がいた。正面から見られたり見たりするのを怖がる女の子だが、そういう女の子はわたしと同じで会話ができなくて、突然関係ないことを話しだしたり、突然笑いだしたりした。クラブに勤めるまではわからなかったのだが、わたしは他のほとんどのマゾヒストの女の子よりきれいだった。たくさんの客と知り合い、個人でわたしを飼いたいという男も大勢いて、実際に数人の男に飼われた。あの男からはそのあとも何度か写真を撮られたが、あの男は決してわたしを飼おうとはしなかった。クラブで貰うお金で、わたしはアジアへ旅行するようになった。タイとインドへは十数回行ったが、アジアにいるとき、わたしは裸になって縛られ鞭で打たれたいとは思わない。当時わたしを飼っていた男と一緒にアジアへ行ったこともあるが、そのときわたしは男のからだに触れたいと思わなかったし、わたしのからだも自由にさせなかった。

「シャトー・ディケムだ」

そのワインを飲ませてくれたとき、あの男はそう言った。フォアグラが銀のトレイで運ばれてきて、あの男はナイフで親指の爪ほどの大きさに切り、嚙《か》んじゃダメだぞ、と言いながらわたしの舌の上に乗せた。そのあと、あの男はそのワインをわたしの口の中に流し込み、一緒に舌ですりつぶすようにして喉に入れるんだ、と言った。ワインからは、蘭の花の香りと、いつかわたしのお尻に待ち針を刺して喜んだオーストラリア人の白人女の腋の下の匂いがした。舌ですりつぶされたフォアグラが口の中でワインと混じり合ったとき、鞭を待つお尻の感覚が既に現実のものとしてわたしのからだのどこかに浮かんだ。純粋に痛みによってオルガスムに導かれるときの、触れてもいないクリトリスが喜びに震えだすような、生まれてからずっと想像してきた感覚が喉で味わえるものとして突然現われたようだと思った。昆虫の巣のような向かいのビルのオフィスでは白いシャツと白いブラウスを着た生き物が電話をしたりお茶を運んだりしていた。

あの男はわたしを縛るときに表面がざらざらした特殊なコードを使った。椅子の背を抱えるようにしてわたしは固定され、両方の乳首にクリップを挟まれたまま、あの男から写真に撮られ、そのあとに鞭で打ってもらった。あの男はわたしの髪を摑んで顔を上に向かせ、フォアグラの切れ端を舌に乗せ、写真を撮り、まだすりつぶしてはいけないと命令して、剝き出しのお尻を鞭で打った。鞭を待つように、と男は言った。何回目かの鞭のあとでワインがお前の口に注がれる、それを待つんだ。わたしは口の中でフォアグラが崩れないように舌で支えなければならなかった。唾液がフォアグラを包み、全身がワインに飢えるのがわかった。あの男はそうやってわたしに飢えの感覚を教えた。あの男に会うまでわたしは飢えを言葉だけでしか知らなかった。

それから十年間、半年に一度のペースでわたし達は会っていた。会うときは必ず写真を撮られ、ざらざらした特殊なコードで縛って貰い、お尻を打って貰った。その間にあの男は二度逮捕された。二度ともモデルとのトラブルだった。最初のモデルはあまり売れていないタレントだったが、強姦したということで事務所に訴えられたのだった。二度目はまったく無名のＡＶ女優で、肌に傷を付けられたとスキャンダル狙《ねら》いであの男はまた訴えられた。一ダースほどの違うクラブに勤め、何人かの男と契約して常時誰か一人の男に飼われるようになっても、あの男との時間はわたしにとって特別なものだった。わたしは常にあの男に飢えていた。

あの男が二度目に逮捕されてから半年ほど経った頃、照美ママがおかしくなったから来てくれないかと坂崎から電話があった。久しぶりに歌舞伎町の店に行くと、照美ママが発狂していた。甲高い声で笑いながらわたしを迎えたが、暖房の切れた真冬の店内で顔中に汗をかいていて、左手と顔の左半分が細かく震え、実在しない人間のことをわたしに話した。話を聞いていると、狂っているのは自分ではないかと思えてきて、恐くなった。あとで坂崎と二人きりになったとき、どうしてわたしを呼んだのかと聞いた。連絡先がわかっているのがお前だけだったし、と坂崎は言った。あいつの昔を知っている人間が他にいなくて、ありもしないことを喋るんだが、聞いているとおかしいのはおれのほうじゃないかと思えて恐くなるんだよ。そういう話をしているときに、一人で店に入ってきた客がいた。それがあなただった。照美ママは強い睡眠薬を飲んで店の椅子に寝ていた。あなたとわたしは発狂している女が眠る狭い部屋で知り合ったことになる。あなたは妙な雰囲気を察して、もう閉めたんですね、と帰ろうとしたが、坂崎が引き止めた。坂崎は見知らぬ他人と一緒にいたかったのだと思う。あなたはビールを飲みながら坂崎と話し、興味深そうにわたしの顔を見ていた。どういう仕事をしているのか、とあなたはわたしに聞いた。風俗、SM、とわたしは答えた。あなたはクラブの名前と電話番号を聞いて電子手帳に入力していた。あなたはあの男と同じカメラマンだったが、あの男ほど有名ではなかった。

その二週間後に、あなたはわたしが当時働いていた五反田のクラブに客として現われた。縛ったままセックスしたりすると違約金として百万円を払って貰う、ママさんからそういうような説明を受けたあと、わたし達はプレイルームではなく赤坂のホテルのあなたの部屋に行った。今日はプレイをする気はないんだと、あなたは言って、あなた自身のことを話したがり、またわたしのことを知りたがった。部屋は普通のツインで、わたしたちはカウチに並んで坐り、水割りを飲みながら話をした。あの男のことをわたしが話したとき、あなたの顔が曇った。彼はもうダメなんだよ、とあなたはあの男が写真界を半ば追放されたことを教えてくれた。彼にはもうメジャーな仕事は来ないと思う、あなたはそう言った。彼のことは尊敬している。一時本当にいい写真を撮った。君が彼に惹《ひ》かれるのもわかる。だが、彼は君を救えないよ。もちろんぼくだって君を救えるとは思っていない。そういう考えは失礼だとわかっている。ぼくは彼のやり方みたいなものがわかるが、それは関係性に関与しないということだと思う。人間は他人に対して何もできないということだ。何かできるとはぼくだって思っていない。トラウマというものはそれから逃れられるものじゃない。立ち向かうものでもない。だが、トラウマから自由になろうと努力することはできる。ぼくと彼との違いがただひとつだけあって、それはぼくが関係性に関与したいと思っていることなんだ。君自身や君のトラウマに対して何かできるとは思っていない。だが、君とぼくの関係については別じゃないかと思うんだ。仲良くなりたいわけじゃないし、理解したいわけでもない。でも、ぼくと一緒にいるときに君が苦痛ではない、楽にしていられる、ということはこれから可能になるかも知れない。関係性に関与するというのはそういう意味だ。

あなたはほとんど毎週わたしに会いに来るようになった。わたしが裸になるときもならないときもあった。あなたはわたしのクリトリスを舐めるのが好きだった。わたしを裸にしたときは、わたしが喜ぶようにと軽く縄で縛り、大きく足を開かせて、一緒にいても何も怖がることはないのだというようなことを話しながら、クリトリスやアナルや性器を舐め続けた。

あなたはわたしがどんなところに住んでいるのかを知りたがった。わたしは住まいにはほとんど興味がなく学生時代からずっと西武新宿線沿線の古いモルタルアパートの一階の六畳間に住んでいた。風俗で稼いだお金はほとんどすべて旅行に使っていた。それまで誰も訪れたことがなかったが、住んでいるところがどうしても見たいと言って、あなたは訪ねてきた。その年の梅雨が明けた頃にあなたは駅から電話してきて、わたしが迎えに行き、あなたはエアコンもシャワーもない部屋に驚いていた。あなたと知り合ってから三、四ケ月が経った頃だった。あなたはわたしがほとんど汗をかかないのでとても不思議そうな顔をしていた。あなたはカメラを持ってきていて、写真を撮ってもいいかと聞き、わたしが了解すると、この住まいはとてもリアルだ、と言いながら、汗塗《あせまみ》れになってわたしを写し始めた。冷房がなく開け放しになった窓から帽子を被《かぶ》った小さな男がわたし達を覗《のぞ》いていて、あなたが気付くとその男は恐怖に顔を歪めて走り去った。

近所に住む知恵足らずで害はないのだとわたしは教えた。近所の人達からはトシちゃんと呼ばれていた。あの男がこのアパートに来てわたしとセックスしているとき、トシちゃんはよく覗きに来て、一度あの男からひどい目に遭ったことがあった。あの男はわたしに一人で着換えをするように命じて、トシちゃんが来るのを待ちぶせして捕え、トシちゃんの顔を動けないように押さえておいて、目にアイスピックを近づけ脅した。あの男は、絶対に目を閉じるな、とトシちゃんに言った。目を閉じたら目を刺すからな。アイスピックの先端がまつげに触れると、トシちゃんは目をしっかり開けたまま声を上げずに泣きだした。わたしはトシちゃんが恐ろしく真剣な顔をしているのでおかしくなってあの男の横で大声で笑っていた。そのことがあってから、あの男は知り合いのクラブのママさんにMの男を紹介して貰ってホテルの部屋に呼ぶようになり、わたし達は三人で何度かいろいろなプレイをした。あの男はホモのサディストではなかったし、Mの男を虐めるのが好きなわけではなかった。あの男はわたしの笑い声を聞きたいのだと言っていた。乳首に巻かれた糸を思いきり引っ張られてMの男が顔を歪めて悲鳴を上げるときのわたしの笑い声が好きなのだと言った。フィルムを二本撮り終え、トシちゃんが去っていったあとで、そういう話を黙って聞いていたあなたは、一緒に住まないか、とわたしに言った。ぼくは君の写真を撮るのは止めようと思っていた。写真を撮るためにぼくらは会っているわけではないと思っていたし基本的には今もそう思っているからね。でも今日、この部屋を見て突然君を撮りたくなった。すごくリアルな感じがした。インドに行って感じるようなものと同じだ。ファッションではないし、外側を飾る衣装ではないということかな。精神が排泄物や傷痕や痣《あざ》のようなものになって部屋の絨毯やカーテンやシーツに染み込んでいるんだ。

あなたは横浜に新しいマンションを見つけてきて、部屋中を花で飾り、わたしを招待した。すぐ傍に公園があったし、窓からは海が見えた。わたし達はその部屋に一緒に住むようになって、最初の二ヶ月ほどわたしはどこにも出かけなかった。あなたはあの男より多くわたしとセックスするのだと言って、わたしのクリトリスとアナルと性器を毎晩舐め、いろいろな体位でセックスした。その年の夏が終わった頃に、あなたの母親が訪ねてきたことがあった。母親はオレンジ色のスーツを着た上品な人で、持ってきたケーキを勧めながらあなたの昔の話をした。この子は父親の愛情に恵まれない寂しい少年時代を送りました、母親はそういうことを言った。父親は家庭的ではなく、社会的に地位は高かったのですが、弱い人だったのでしょう、この子にとっては暴君でした。まだわたしも若かったし、結婚というのはそういうものだと諦めていたところもあって、守ってあげることもできませんでした。本当に悪いことをしたと思っています。愛情に飢えているのに人との付き合いが下手で、女性に興味を持つこともあまりなくて心配していたんですが、こういう風に一緒に住む人を見つけることができて喜んでいるんですよ。

母親の訪問からしばらく経って、わたしは働きたくなった。ここにずっといると息が詰まる、とわたしが言うと、あなたはとても苦しそうな顔になった。それはきっとしようがないことだと思う、だがぼくが苦しいのもわかってくれ、というようなことを何時間もえんえんと喋ったが、結局は許した。そのかわりに、あの男とは絶対に会わないことを約束させられた。

西麻布のクラブに勤めたが、裸にして女性器に何か器具を入れたがるだけのつまらない客がほとんどだった。わたしはあの男に電話をして、久しぶりに会った。あの男はタイ人の少女と一緒に上板橋のアパートに住んでいた。部屋の中では石油ストーブが青い炎で燃えていて、三人でビールを飲み、タイ人の少女が作る辛いスープを飲んだあと、わたしは裸になって写真を撮られた。あの男が鞭を使いだすと、タイ人の少女が怖がって泣きだした。あの男は、この女はこういうことが好きなんだ、という意味のことをタイ人の少女に話してやっていた。アジア人の少女がいたせいか、その夜わたしはオルガスムを得ることができなかった。わたしを駅まで送りながら、アジア人の少女の写真を撮っているのだとあの男は言った。わたしが今どういう風に暮らしているのか、あの男は決して聞こうとしなかった。わたしは携帯の電話番号を渡し、いつでも呼んでくれと言った。どんな時間でも、どんなに高熱があっても、そのとき誰と一緒にいても、電話があったら行きますから、そう言った。

横浜に帰ったのは明け方だったが、あなたはまだ起きていた。コニャックを飲んで酔っていて、あの男に会ってきたんだろう、とわたしに聞いた。そうだ、とわたしは答えた。あなたは泣きだして、もうおれはだめだ、と掠れた声で言った。お前には結局関与できないことがわかった、考えてみればすごいことだがお前の空洞はおれなんかより深いし、お前はおれと一緒にいても別に楽になることもないということがわかった。お前は人と関係を結ぶことができないし、そういう興味もない。コミュニケーションとか関係という言葉の意味も知らないし、もちろん興味もない。他人から好かれたいとも思っていないし、たぶん他人という存在を知らない。

窓外の海が輝きだした頃、お尻を鞭で打たせてくれ、とあなたは言って、わたしは裸になり、椅子の背を抱える形でお尻をあなたに突き出した。あなたに打たれるうちに涙が出てきて、あなたはその意味を聞いた。わたしは、昔のことを思い出して切なくなったからだと言った。もしよかったら詳しく話してくれないか、とあなたはわたしの鞭の痕に触れながら言って、わたしはこの人は何もわかっていないのだと思った。わたしはフォアグラとシャトー・ディケムを思い出していた。初めてわたしの中に飢えが発生したときのことを思い出したのだ。

飢えは、決して充たされることはない。

モンラッシェ

MONTRACHET
APPELLATION MONTRACHET CONTRO
Bouteilles Récolte
01346
LES ASSOCIES
ANNEE 1989

「そういうことじゃありません」

わたしはあなたに向かって呟く。あなたは暗い部屋の隅から、わたしにインタビューしている。あなたの声はひどく弱々しかった。質問が切れ切れに聞こえてくる。

「それで、夜の仕事を始めたのはいつなんですか?」

あなたが本当にわたしに質問をしているのかどうかはっきりしない。あなたの声は機械的で、まるで小さなラジオを聴いているような感じがする。ラジオのアナウンサーや司会者はわたしに向かって話しているわけではない。

ここは、わたしの部屋だ。わたしは去年の夏にこの部屋を借りた。恵比寿の駅から広尾のほうに歩いて、小物や洋服を売る数軒のブティックを過ぎたあたりにあるワンルームのマンション。玄関にはいろいろな観葉植物が置いてあり、建物の背後には小さな中庭があって、そこにも数々の花が植えられている。

「この部屋でお客さんを迎えるんですか？」あなたはそう聞いているようだ。その質問はわたしがこの部屋で売春をしているのかという意味だ。わたしは答える。

「そういうことじゃありません」

わたしは渋谷のテレクラで客を探してラブホテルでセックスする。決して自分の部屋に連れてきたりしない。あなたは雑誌の記者で、渋谷の駅前でわたしに声をかけてきて、話を聞きたいのだと言った。わたしの話を聞きたいという人に会ったのは、生まれて初めてだった。わたしはあなたを部屋に招き入れた。この部屋に誰かを招いたのは初めてだった。誰もわたしの部屋に来たいとは思わない。誰もわたしの話を聞きたいとは思わない。誰もわたしと話したいとは思わない。わたしは小さい頃から友達ができなかった。幼稚園の頃から、変わっていると言われて、せっかく仲良しグループに入っても、いつの間にかわたし一人だけのけ者になった。結局高校まで、わたしは友達が一人もできずに、学校を卒業した。

「ところで何歳なんですか？」

あなたはそうわたしに聞く。わたしは二十四だ。あなたは、きちんとした昼間の仕事があるのに夜に売春をしている女を取材しているらしかった。いろいろな女に会ったとあなたは言った。学校の教師や銀行員やＯＬ、どういう仕事なんですか？　とあなたが聞く。ＯＬです、とわたしは答える。さっきも同じようなやりとりがあったような気がする。

「いや、だから、どういう会社でどういう仕事なんですか」

事務ですがうまくできないです、とわたしは答える。

「どうして」

あなたの声は、ど・う・う・し・てぇ・ぇ・え、という風に、切れ切れに聞こえる。こういう状態が長く続くと、わたしは頭が痛くなってくる。事務の仕事がうまくできないと言っているだけなのに、どうしてあなたは蒸し返すように同じ話を繰り返すのだろう。さっき終わった話ではないか。そういうあなたの理解できない質問を聞いていて、一週間前に会ったペンライトの男を思い出した。その男はペンライトを使ってわたしの裸を照らしたのだった。シーツに染み込んでいるカビの匂いを嗅ぎながら、わたしはラブホテルのベッドに横になっていた。昔の絵の中の女のようなポーズで横たわっていたのだ。シーツの匂いで鼻の奥が痒《かゆ》かった。男は灯《あか》りをすべて消して、親指の爪ほどの、丸い小さな光をわたしの裸に当てた。わたしはその白く丸い虫のような光がわたしの脇腹や足を移動するのをただ黙って見ていた。光がわたしを舐めているようだった。光が乳首に当たったとき、足の指先がぴくんと跳ね、わたしは声を上げてしまった。虫が、乳首に止まったようだった。

「ど・う・し・てぇ・ぇ・え?」

あなたはもう一度そう聞く。あなたがどうしてそういうことを何度も聞いてくるのかわからない。その会社に勤めて五年になるのだが、わたしは叱られてばかりいる。わたしは簡単な、例えばコピーのようなことがうまくできない。書類を渡されてコピーするページを指定される。だが、どのページだったのかすぐに忘れてしまう。コピーするページには何らかの印があるが、いつもその印は非常に小さい。気をつけて見ていないとすぐに忘れてしまう。注意してその印を見続けるのは疲れる。頭が痛くなってくる。だからわたしは印のことを忘れようとする。どうしてお前は注意できないんだと叱られる。わたしは何をどういう風に注意すればいいのかわからない。

「ど・う・し・て・え?」

あなたはまたそういう風にわたしに聞く。どうしてあなたは話を逸《そ》らそうとするのだろう。最初に話していたのはそういう話ではなかった。どういう話だったのか忘れたがそういう話ではなかった。このマンションも夜の仕事のお金で買ったのか、部屋に入ってきたときあなたは聞いた。わからない、とわたしは答えた。そういうことはわからない。たぶんそうだと思う。持っているお金は二重底の金魚鉢に隠している。そうやって隠すのがいちばんいい方法だとあの白ワインを飲ませてくれたイラン人が言っていた。

その夜はそのイラン人にとって特別な日だった。大事なサッカーの試合でアメリカに勝ったお祝いなのだと言った。イラン人は赤坂の高層ホテルに泊まっていて、ワインを買ってきた。モンラッシェという黄金色のワインだった。これ以上の白ワインはないのだとそのイラン人は言って、わたし達は東京タワーに灯りがついてまた消えるのを眺めながらそれを飲んだ。イラン人は大勢の中学生や高校生にドラッグを売っているのだと言った。日本人の子供達は警察を嫌っているから売るには最適なのだと言っていた。そのワインは飲んだあとに頭が痛くならなかった。わたしは二十歳になってお酒を飲むようになった。二十歳になったらお酒を飲まなければいけないのだと思っていた。一人で、その頃住んでいた初台のアパートで、一晩に一本ずつ、ウィスキーやブランデーを飲んだ。いくら飲んでも酔わなかった。半年で内臓を壊して、お酒は止めることにした。だからそのイラン人がごちそうしてくれたワインは久しぶりのお酒だった。わたしはそういうお酒を飲んだことがなかった。宝石やきれいな花を溶かした液体を飲んでいるようだった。

「普段は、何をしてるんですか?」

あなたは部屋の隅のソファに坐っていて、わたしは部屋の真ん中のベッドに腰を下ろしている。あなたの話を聞き、それに答えるのは楽しいことだと思っていた。今はスポーツジムに通っています、とわたしはあなたに答える。どうしてジムに通っているのか、と会社の人間に聞かれるときわたしは運動不足解消のためと答えるのだが、本当は友達が欲しいためだった。中学生の頃、人に話しかける練習をした。わたしをひどく嫌っていた教師が、軽く話しかけないといけないのだと教えてくれたのだ。それ以来わたしは軽い話題で人に話しかける練習をした。教師は天候のこととか季節のことを話題にして話しかけるといいと言った。会社でも最初の頃はよく人に話しかけていた。天候や季節のことを主に話したが、しだいに誰もわたしの話を聞かなくなる。学校でも同じだった。今通っているスポーツジムでもそれは同じだ。わたしはそのスポーツジムでどちらかといえばよく喋るほうだ。わたしは他人が嫌いではない。他人がわたしを嫌いなのだ。

「ええと、それは、自分の思い込みなんじゃないの？」

あなたにどうしてそういうことがわかるのだろうか。みんなわたしを嫌っているという思い込みをしていると、実際にそういう風に他人を見てしまう、前にも誰かにそう言われたことがあるが、理解できなかった。実際にわたしは他人からずっと嫌われてきたのだ。

わたしの父親も母親も他人からずっと嫌われてきた。父親も母親も、いつも他人の悪口を言った。食事中も散歩をしているときもどこかデパートとか食事に行った帰りも、必ず他人の悪口を言った。近所の人や会社の人やわたしの悪口、そしてお互いの悪口を言った。そのことをわたし以外誰も知らなかった。父親と母親は誰からも好かれていなかったと思う。わたしは一緒に住んでいた頃、彼らとまったく口をきかなかった。や・はり・さび・しいと・きか・らだを・う・る・の・お・ぉ・ぉ・か・なぁ・ぁ・ぁぁ・ぁ？　あなたの声はそう聞こえる。

人と接するときは心を開かないとだめだと言う人がいる。心を開かなくてもいい相手が世の中にはどこかにいるはずだ。わたしは誰に対しても心を開いたことがないし、心を開くということがどういうことかわからない。心というものはノートのように開けるものなのだろうか。わたしは心を開かないでいい相手と友達になりたい。

寂しいときに売春するのかとあなたは聞いているようだ。寂しいというのは友達がいないということだろうか。ラブホテルでカビの匂いのするシーツに横たわるのは寂しいことなのだろうか。寂しいとき売春をするのか、とあなたが聞いているような気がする。そういうことじゃありません、とわたしは答えている。でもそれではどういうことなんだと聞かれても答えることはできない。いや、とわたしは訂正する。そうですね、寂しいからからだを売るのかも知れませんね、わたしがそう答えるとあなたはうなずいてメモをとった。

わたしとあなたの間にあるテーブルにはテープレコーダーが置かれている。テープが回転する音が聞こえる。静かな部屋だね、とさっきあなたは言った。夕方だというのに町の音は何も聞こえない。音楽はないのか、とあなたは言いたかったのだろうか。わたしは特別な場合にしか音楽を聴かない。いつも部屋に音楽を流していたくない。あなたは寂しくないのだろうか。もし寂しくないのだとしたら、そういうときあなたは何をしているのだろうか。寂しくないときは、寂しくないとあなたは思うのだろうか。人間の気持ちというものは口に出さなくても相手に伝わってしまうものだ、中学校時代の教師はそういうことも言っていた。本当にそういうものなのだろうか。わたしは自分の気持ちを相手に知られたくない。誰か他人と話すときはひどく緊張する。とにかく言いたいことを早く言ってしまわなくてはいけないと焦ってしまう。話し方が速くなり、声が大きくなってしまうこともある。あんた何を怒ってるの、とよく相手に言われる。会社の仲間で飲みに行くと、いつの間にかわたしの周りから人がいなくなっている。

他人と話しているといつかわたしのことはばれてしまうだろうと思う。わたしには誰からも結婚式の招待状が来ない。まるで世の中の人がまったく結婚しないかのようだ。友達が欲しかったら本当の自分を出しなさい、そういうことも教師は言った。だけどわたしには本当の自分というのがわからない。

あなたはわかっているのだろうか。あなたは本当の自分というものをわかっていて、こうやってわたしにインタビューをしているのだろうか。

「お客の男も寂しいのだと思いますか？」

あのイラン人は日本語が上手だった。九年間日本に住んでいるのだと言った。これまでに日本という国から何億という金を稼いで本国に送ったとわたしに自慢した。日本人の子供達はぼくの故郷の村の誰よりもお金を持っている。

それから彼は毒の話をした。

「井戸に毒を入れるという話を知っているか。敵に攻められて、死ぬか捕虜になるかどちらかを選ばなくてはならないとき、唯一の井戸に毒を入れるべきか、という話だ。井戸に毒を入れると自分自身も助からない。だが、自分はいずれ死ぬのだ。かつて聖者は言った。そこが敵地だったら毒は入れるべきではない。敵は代々われわれを憎み決して許すことがないだろう。だが聖地である自らの故郷だったらためらわず毒を入れるべきだ。味方も毒で死ぬかも知れないが、敵は今後の侵略を躊躇《ちゅうちょ》するようになるだろう。覚醒剤の話をしているわけではないよ。あれはドラッグで毒ではない。それを飲むとすぐに死んでしまうものを、毒というのだ」

君は暗い目をしている、とイラン人はわたしに言った。

「もう一度、聞きますが、お客の男も寂しいのだと思いますか?」

お客の男からSMのホテルに連れて行かれたことがある。そこにはすでに裸になって縛られている女がいた。女は男の恋人らしかった。男は、その女の前で、わたしとセックスをするのだと言った。男は縛られている女を指差して、こいつはおれとセックスしたいのにできないんだ、可哀想《かわいそう》だろう、とわたしに言った。可哀想ではない、とわたしは男に言った。どうしてだ？　と男が聞いて、わたしは、わたし達がこの女の人の傍にいるから、と答えた。男はわたしの顔をじっと見た。そして、お前はずっと一人だったのか、と聞いた。縛られた女もわたしを見ていた。わからない、とわたしは答えた。あなたがわたしを見ているのかどうかわからない。あなたは質問したあと、部屋の隅の逆光になったソファに坐り、うつむいてテープレコーダーのほうに顔を向けている。わたしをお金で買う男達も寂しいのだと思うか、とあなたは聞いている。そういうことがわかるわけがない。他人が寂しいかどうか、わたしにはわからない。わたしと一緒にいるときは寂しくないと思う。わざわざ寂しい思いをするために数万円を払う人間がいるとは思えない。わたしと会う前はどうなのか、そんなことがわかるわけがない。テレクラで話をする前は、その客はわたしにとって存在していない。未《いま》だ存在していない人間が寂しいかどうか判断できるわけがない。しかし、わたしはあなたに、わからないとは答えなかった。そうかも知れません、とわたしは言った。

わたしは自分の心に浮かんだことをそのまま相手に話せない。思ったことや感じたことをそのまま何のアレンジもしないで相手に伝えると相手は必ず変な顔をする。相手の息が臭いと思っても、鼻が大きいと感じても、歯が汚いことに気付いても、そういうことは言ってはいけないらしい。そういうことが続くと、やがて誰からも相手にされなくなる。

表面的な付き合いをしてもつまらないでしょう、というようなことを、「大人の話し方教室」に通っている頃、「心の相談員」というネームプレートを胸にとめた中年の女がわたしに言ったことがあった。わたしはその女に、夏なのに誰もわたしを海に誘おうとしない、と訴えたのだった。みんなで楽しく騒げばそれでいいの？　と心の相談員は言った。みんなで楽しく騒ぐ、その他にどんな楽しいことがあるのだろう、とわたしは思った。わたしは勉強もできなかったし、スポーツも得意ではなかった。会社に入ってもコピーさえとれない。

わたしは子供の頃から他の人達が何人か何十人か集まって楽しく騒ぐところを遠くから眺めてきた。決してその輪の中に入ることはなかった。その輪の中は理解不能な世界だった。その輪の中では機関銃のように絶え間なく笑い声が響いていて、誰もがいつも笑顔だった。

「さようなら」

そう言って、あなたは帰っていった。帰る前にあなたはわたしの後ろ姿の写真を撮った。逆光の横顔も撮った。わたしの記事が載った雑誌ができたらこの住所に送るから、とあなたは言った。わたしと一緒にいて、わたしの話を聞いて楽しかったか、とわたしは聞きたかったが、聞くことができなかった。

その夜、テレクラでまたイラン人と出会った。あの宝石と花々を溶かしたようなワインを飲ませてくれたイラン人の友人だった。

「あいつは逮捕された」

そのイラン人はホテルで細長い男性器をわたしにくわえさせ、射精したあとでそう言った。やはり日本語が上手だった。イラン人の腋から、かすかな匂いがした。ベッドで抱き合ってその匂いを嗅いでいると、殺されたばかりの山羊の肉と血の匂いだ、とイラン人が教えてくれた。わたしがその匂いが好きだと言うと、暗い目をした女はみなこの匂いが好きなのだ、とイラン人が笑った。君は日本では誰からも愛されないだろう？とイラン人はわたしに聞いて、わたしはうなずいた。うなずくと涙が出てきて、止まらなくなった。われわれは敵が多いから君のような暗い目をした女を好む、そういうことを言いながらイラン人はわたしの髪をなでてくれた。

「暗い目をした女は、敵を殺すことができるし、敵を憎むことを止めない。たとえ殺されても敵に寝返るようなことがない。だからわれわれは暗い目をした女を大事にする。明るい目をした女は信用できない。誰にでも好かれて誰にでも笑いかけ誰にでも話しかける。そういう女は男に殴り殺されることもある」

井戸に毒物を入れる話をしてくれないかとわたしはイラン人に頼んだ。逮捕されたイラン人から以前に聞いた話を、彼はもう一度してくれて、どうしてそんなことを聞きたがるのかと、逆にわたしに質問した。日本には井戸がほとんどないが、もし井戸があったら毒を入れたいと思うときがある、わたしはそう言った。

ホテルでからだを売って部屋から出てエレベーターに乗り込んだときに、日本の老人達に囲まれたことがある。彼らはロータリークラブと書かれた紙袋を持っていて、ゴルフや食べ物の話をしていた。老人達の他にエレベーターに乗っているのはわたし一人だった。老人達はみな紺色の背広を着ていて、意味不明に大声で笑っていた。彼らが何を喋っているのかわたしにはわからなかった。その中の一人がわたしを見た。わたしは子供の頃から他人のそういう視線に敏感だった。老人の顔にはいくつかの赤茶色の染みがあって、たくさんの皺があった。笑うときにはその染みと皺も一緒に動いた。その、顔の皮膚の動きが一瞬止まって、わたしに向けられる視線が準備され、彼はまずわたしの足を見た。彼の視線の先には針がついているようだった。彼がわたしを見ているのに気付くと他の老人達も従った。視線はわたしのからだのあちこちに向けられた。真っ暗な中で裸にされ無数のペンライトで照らされているようだった。足の先が針のように尖っている虫が全身を這っているようだった。そういうときに井戸に毒を入れたくなってくるのだ、とわたしはイラン人に言った。

「この国は、ここは、君の聖地か？」

イラン人はそうわたしに聞いた。わからない、とわたしは答えた。

「わからないのであれば、毒を井戸に入れてはいけない」

そのあとで、わたしがリクエストすると、彼は前のイラン人と同じようにモンラッシェを飲ませてくれた。

モンラッシェを飲んだあとにうたた寝をした。

その時に見たわたしの夢。

今のわたしが、幼い頃のわたしの手を引いて、海岸を歩いている。やっと歩けるようになったばかりの幼児を見て、最初わたしの子供なのではないかと思った。手を引いてしばらく一緒に歩いているうちに自分の子供ではなく小さい頃の自分自身なのだとわかった。一枚だけ持っている幼児の頃の写真の中のわたしの顔だと気付いたのだ。海岸には大勢の人がいた。わたしは幼児のわたしにできるだけ楽しい思いをして欲しかった。海岸の砂は黒く、ゴミで全体が汚れていた。黒い砂浜でからだを焼いている人に、もっときれいな砂浜はないかと聞いてみた。その人は、東に行けばきれいな砂浜があると教えてくれた。わたしは幼児のわたしを連れて東に向かうことにした。幼児のわたしは我慢強い子供だった。歩き続けても、疲れたと言わないし、空腹のはずなのに何か食べたいとも言わない。光線の具合で幼児のわたしの目のあたりが影になっている。幼児のわたしの目も暗いのだろうかとわたしは気になったが、それよりも東にあるきれいな海岸に行くことを優先しなければいけないのだと思うことにした。幼い頃のわたしと手をつないで歩くのは非常に切なかった。いつまでもこうして歩いていたいけど、永遠に歩き続けることはできないのだ、とわたしは理解していた。そして幼いわたしの手を取っているのが父親でも母親でもなく、大人の今のわたし自身だということは幸運だったと思った。わたしは幼い頃のわたしを白い砂のきれいな海岸で遊ばせてあげたかった。あるところまで来ると、黒い砂浜の海岸線が消えてしまって、堤防にできた四角い穴の隙間《すきま》から町が見えた。通りかかる人が、あれが東の町だとわたしに教えてくれた。だが、わたしの前には障害が横たわっていた。東の町のほうへ行くのを阻む形で堤防が突き出していたのだ。あの町へ行くためにはどうすればいいのですか、とわたしは通りかかる人に聞いた。向こう側へ行くためには、四角い穴の隙間を潜《くぐ》らなければいけない、とその人は教えてくれた。その人はからだを縮めて上手に穴を通り抜けた。その穴の前に立ったときに、その人のからだはまるで棒かへびのように自然に細くなった。そしてそれはこのあたりの人にとっては当たり前のことらしかった。たくさんの人が同じようにからだを細くして穴を出入りしていた。わたしはその穴の前に立ってみたが、からだは変化しなかった。からだの力を抜いて太陽の光を浴びるようにしなさい、と地元の人が教えてくれるが、どうしてもからだの力を抜くことができない。わたしのからだは硬くこわばったままだった。幼児のわたしは、楽々と穴を通り抜けることができた。わたしは幼い頃のわたしと離れ離れになってしまうことに恐怖を感じた。幼い頃のわたしと一緒にいたいし、彼女がきれいな海岸で楽しむところをわたしは見たいのだ。穴の向こう側からナイフが差し出された。山羊の皮を剝《は》ぐナイフだと言われた。

「これで肉を削ればあの穴を通り抜けることができる」

わたしは恐くなって、ナイフを受け取るのをためらった。幼い頃のわたしが、わたしをじっと見ている。逆光で目の部分が見えない。わたしは自分の肉を自分でナイフで削るのが恐い。そんなことはできないと思う。涙が溢れてきた。すると、幼い頃のわたしが他の人のあとについて向こう側へと歩きだしてしまった。わたしは叫びそうになった。

「行ってはいけない。そういう風に知らない人について行ってはだめ」

そう叫ぼうとした。しかし、幼い頃のわたしはわたしに従わないだろうということがなぜか予測できた。向こう側の町のコンクリートの道路を一人でよちよちと歩いていく幼児は幼い頃の自分自身なので、そういうことがわかるのだろうと思った。あの幼児とは絶対に離れたくないとわたしは思った。わたしはまずナイフで自分の肩の肉を切り落とした。歯の奥まで響くような痛みがあった。腹と尻と太腿と脚と片方の手の指と両方の足の指と腕と側頭部の肉を切り、わたしは倒れ込むように穴の中にからだを横たえた。いろいろな部分を切り落としたので、自分だけの力では穴を通り抜けることができなかった。人々が向こう側からからだを引っ張ってくれた。引っ張られるときに、からだのさまざまな部分がもがれてしまった。わたしは向こう側に行くことはできたがもはや自分で歩くことができなかった。わたしは人々に頼み込んで海岸までロープで引きずってもらうことにした。コンクリートを引きずられるためにわたしのからだはさらに血液や内臓や骨が抜け落ち、削られた。そうやって海岸に着いた。わたしは一本の血塗れの棒のような姿で、幼い頃のわたしがきれいな砂浜で遊ぶのを眺めた。幼い頃のわたしはわたしに背中を見せて砂遊びをしていた。砂でお城を作っているようだった。幼い頃のわたしが、それを楽しんでいるのかどうかはわからない。だが、彼女は真っ白できれいな砂を小さな手で掬い、お城の形に積み上げている。やがて夕焼けが空と海を被った。幼い頃のわたしの周りが黄金色に染まっている。その色は何かにそっくりだった。わたしはそれがモンラッシェの色だとしばらくして気付いた。

わたしは非常に切なく非常に幸福な気分で黄金の光に包まれて砂のお城を作る幼い頃の自分を眺めていた。

ロバート ヴァイル醸造所

トロッケンベーレンアウスレーゼ

窓から外を見ると細かい霧のようなもので煙っていた。レインコートを着て、犬と散歩に行く。わたしの犬は小さい頃にひどい病気にかかり、死にそうになった。幼い頃死にそうになった生物は、性格が用心深くなるらしい。わたしの犬はわたし以外の人間を信用していない。

散歩に行くと、犬を連れた人達が公園に集まっている。わたしのアパートから公園はそう遠くない距離にある。公園は好きだが、犬を連れた人達は好きではない。公園に集まっている犬の種類はなぜか同じで、数年前はシベリアンハスキーだったが、今はゴールデンリトリバーだ。

彼らは犬を一緒に遊ばせながら輪になって何かを話している。犬はお互いにじゃれ合っている。その公園はテニスコート二面ほどの広さで全体に緩やかな傾斜がある。周りに灌木《かんぼく》や植え込みがあり、外周に沿っていくつかベンチが置かれ、子供のためのブランコとシーソーもある。

幼い頃から、誰もいない公園に行って、長く伸びた自分の影を見るのが好きだった。影が長く伸びるのは朝早くか、または夕方だ。わたしはベンチに坐って、影が間違いなく自分の足下から伸びているのを確かめる。もちろん影はわたし自身ではないが、わたしに属している。

公園を彷徨《さまよ》う女の映画を若いときに何度も見た。ストーリーは憶えていない。外国の映画だったのかどうかもはっきりしない。モノクロの古い映画だったような気もするし、あまり知られていない国の実験的な映画だったような記憶もある。その女は犬は連れていなくて一人だった。

その女は公園の樹木を愛している。樹木に音楽を聴かせたり、詩を読んでやったり、フィルムの入っていないカメラのシャッターを押したりする。その公園がどのくらい広いのか映画の中ではわからなかった。女はいつも住宅街と小さな森を抜けてその公園に行く。途中、小川にかかる橋を渡ることもあった。煙突が並ぶ工場街を通って女が公園に向かうこともあった。女は鮮やかな色の服を着て公園に行った。黄色とか赤のような。

公園で映画の撮影を見たことがある。女が走ってきて、ある男に抱きつく。それだけのことを何度も繰り返していた。わたしは大勢の見物人とともに、二人の俳優が同じことを繰り返すのを見ていた。撮影の合間に女優と男優はおそらくプライベートな話だと思うのだが、楽しそうに喋り、笑い合っていた。そのとき、俳優になりたい人の気持ちがわかるような気がした。楽しそうに語り合ったすぐあとに、悲しそうな表情で抱き合う。それを何度も繰り返して、映画ができ上がっていく。

誰もが複数の人生を送りたがっているように思える。やり直したいというわけではなく、目の前の現実だけでは自分に確信が持てないのだ。

アパートを出て、付近にある幼稚園の前を通る。雨が降ってくるのだろうか、景色は煙っている。幼稚園に子供達がいる間はわたしの犬は決して外に出ようとしない。子供の話し声や笑い声が嫌いなのだ。だから私達の散歩は朝早くか夕方以降ということになる。

わたしは自分の犬に名前をつけていない。わたしの犬は名前を呼ばなくても、わたしが合図をするとわたしの傍へ来る。その合図は簡単だ。おいで、と言いながら首の鎖を引くのだ。

わたしは犬と一緒に歩きながら、昔の仕事を思い出したりする。わたしは多くの人に囲まれて仕事をしていた。多くの人に注目されながら、わたしは彼らに向かって話しかけるのだった。彼らはわたしの話を聞くのが好きだった。わたしは季節の話題やその日の天候などについても話した。政治や経済や文化などの話をすることもあった。

幼稚園の庭には季節によってさまざまな花が咲く。今の季節は花びらの黄色がきれいな小さな花が咲いている。香りの強い花だ。花びらに水滴が乗っている。ときどきわたしは自分の犬が本当は死んでいるのではないかと思うことがある。でも、死んだ犬は散歩ができないし、実はわたし自身が死んでいるのではないかと思うこともある。わたしは存在していなくて、これは死後の世界なのではないか。そういうとき、わたしは自分に言い聞かせる。もし死んでいるのだったら、こうやって目の前に咲いている花を感じたり香りを楽しむことはできないでしょう?

みなさま本日はようこそお集まりいただきました。本日の司会を務めさせていただきます原田喜美子と申します。どうぞよろしくお願い申し上げます。季節は冬に向かおうとしていますが、会場はみなさんの熱気と期待で暖かさいっぱい。暑いくらいですねえ。わたしも汗をかいてきました。さてここで山沢市文化協会会長であられる緒方徹様よりご挨拶を賜りたいと存じます。みなさまよくご存じの通り、緒方様は三十八年間にわたり東京で数々の学術文化書の出版を手がけられ、昭和四十六年には日本税理士会文化奨励賞を、また昭和五十六年には群馬・山びこ出版文化賞を受賞されました。退職されてからは、故郷山沢市の市立図書館長を務められながら、地域文化の発展に多大な貢献を果たしてこられましたことも、ここにお集まりのみなさまは誰もが知っておられることだと存じます。緒方様は当市の使節として姉妹都市であるマレーシアのトレンピンガ市に何度となく実際に足を運んでおられます。そこで今日はマレーシアの帽子を被ってのご登場となりました。みなさん盛大な拍手をもってお迎え下さい。

わたしは昔、大勢の人を前に話したことを憶えている。会場によっては、その話の一言一句まで記憶していることがある。しばらく地方の放送局に勤めた後、わたしはプロの司会者になった。仙台にあるプロダクションに所属し、東日本の各都市の催事や結婚式やイベントの司会をした。

催事はだいたいどれも同じようなものだ。主催者の挨拶、来賓の挨拶、有名人の講演などがあり、そのあと懇親会になる。懇親会ではその町の伝統芸能が披露され、そのあとは主だった人々と一緒に飲みに行くことも多かった。

そういった郊外のある町を訪れていて、あるとき、わたしはその町が死んでいるのではないかと思うようになった。その町が死んでいるのでなければ死んでいるのはわたしの方だった。それがどの町だったのか、もう忘れた。一車線の県道沿いを主催者の車で走っていると、いくつものパチンコ屋があった。そのうちの一つのパチンコ屋は全体が透明なアクリルのような素材で造ってあって、外から内部が見えるようになっていた。建物の屋上に自由の女神像のあるパチンコ屋もあった。パチンコ屋とパチンコ屋の間にはビニールののぼりの立った中古車の販売店が並んでいた。ビニールののぼりは緑色とピンクだった。この町の人はみんな中古車に乗ってパチンコに行くのだとわたしは思った。

食事をしようということになり、中古車の販売店の隣のスーパーマーケットに入った。食料品だけではなく、車用品や電気製品や眼鏡や園芸用品や釣り具なども売っているマーケットだった。夏の終わりの時期だったが、店の入り口では扇風機が売られていた。十数台並んだ扇風機はおそらく売れ残りの品で、リボンをなびかせ首を振りながら一斉に羽根が回っていた。その傍を通るときに生ぬるい風を首筋に感じた。

わたしは主催者に連れられて、マーケット内の画廊レストランという場所で食事をした。店の中には絵が飾られていた。誰かの個展ではなく、いろいろな人の絵があった。外国人の絵もあったし、その町の画家の絵もあった。花瓶に原色の花があり、肥った猫が居間でくつろいでいたり、ヨーロッパの広場と噴水が描かれていたり、黄色のヨットが紫の海に浮かんでいたりして、わたしはみんなと一緒にニース風のランチというセットメニューを食べた。

まず最初に一枚の欧風野菜の上にスモークサーモンの切れ端と三粒のイクラが乗ったものが出てきた。次が三種類の魚のマリネ、アサリの入ったスープ。最後が白身の魚にホワイトソースをかけたもので、そしてごく普通のワインが出された。そのときわたしは、以前親しくしていた男と飲んだドイツワインを思い出したのだった。ずっとその男のこともワインのことも思い出さないようにしていたのに、思い出した。その男が飲ませてくれたワインはトロッケンベーレンアウスレーゼという名前で、ふいに香りと味がのだった。

甦ってきた。そして、わたしは、この町かわたしのどちらかが死んでいるのだと思った

外は細かい霧で煙っている。散歩に行く。死んだ犬と一緒に。ひょっとしたらわたしも死んでいるのかもしれない。カリブ海のある国では、罪人を殺してからこの世に戻すという刑罰があるらしい。生き埋めにして殺したあとに、呪術《じゅじゅつ》によって蘇生させ、生ける死者として晒し者にするのだ。わたしはそういう刑罰を受けたわけではない。わたしは誰かに殺されたわけではなく、また自ら死を選んだわけでもない。単純に生きる時間を終えたのだ。幼児の頃から生と死を繰り返してきた。公園は自分が生きているのか、死んでいるのかを確かめる場所だったように思う。

あの男と会っていた頃、トロッケンベーレンアウスレーゼを飲んだりしていた頃もやはり公園に行って自分が生きていることを確かめていた。地面に伸びる自分の影の濃度が違った。他の人はどうやって自分が生きていることを確かめているのだろうとときどき不思議に思うことがある。あの男がよくそうしたように、わたしは自分で自分の肌を指で押してみる。肌の表面は少し窪み、すぐにまた元に戻る。肌の色が白く変わり、ま

たすぐに元の血の通った色になる。だが肌に弾力があるからといって、自分が生きているとは限らない。

世界に宝石にたとえられるワインがあるとしたら、とあの男は言った。このワインは間違いなくその一本だろう。隠れ家のようなレストランで、まだ二十代になったばかりだったわたしは緊張のあまりほとんど話ができなかった。そのレストランで何を食べたのかよく憶えていない。陶器の中で膨らんだスフレの中のスープを飲んだような気がするがはっきりしない。あの男とどういう話をしたのかも憶えていないし、あの男とそれ以前に会ったことがあるのか、それ以後何度会ったのかもわからない。わたしはあの男のことを忘れようとしてきたのだと思う。あの男と一緒にいるときの自分を忘れたかったのだろう。あの男と会えなくなってから、わたしは局のアナウンサーを辞めてフリーになった。一日に何本も仕事を入れるようになった。そして東日本の町で、自分が死んでいるのに気付いたのだった。

わたしの犬は吠《ほ》えない。乳白色から灰色に、夕暮れが霧の色を変える。私達は幼稚園の庭を過ぎて、石畳の遊歩道をしばらく歩く。遊歩道の先が公園だ。また人が集まっているのだろうか。彼らはどうして公園に集まって話をしなくてはいけないのだろうか。

公園はみんなで集まって話をする場所ではない。公園は自分が死んでいるか生きているかを静かに確かめる場所なのだ。

遊歩道の脇に停めた車の中で男と女が抱き合っていた。男の舌が女の口の中に入っていくのが見えた。わたしが通り過ぎようとするのに、顔とからだをぴったりと寄せ合ったままだ。わたしは存在していないのかも知れない。男の舌がイメージとして残った。わたしの犬の背中には水滴がついている。犬は水滴をふるい落とそうとしない。わたしの犬は下を向いてただ歩いている。決して走らない。

公園の入り口から、学校帰りだと思われる二人の少女がこちらに歩いてきた。雨靴を履いて傘をさしている。小学校の二、三年生くらいだろうか。わたしは立ち止まって二人が通り過ぎるまで眺めることにした。二人は双子だった。お揃いのレインコートを着て、傘や靴も同じものだ。二人はこの先どこまで歩いていっても、お互いにさようならとは言わない。似たような歩き方で歩いてくる。雨靴の踵《かかと》をまず地面につけ、それからゆっくりと爪先までを踏みしめるようにする。ちょっと大きめの雨靴の中のルーズな足の感覚を楽しんでいるのだ。わたしも小さい頃よくそうやって遊んだ。二人はわたし達のほうを見た。だが何も言わなかった。

何が自分を支えているのだろう。わたしの細胞が溶けだしたりしないのは細胞の骨格のせいだ。わたしの精神が溶けだしたりしないのは何に依《よ》っているのだろうか。あの画廊レストランでワインを飲んだときのことは、どういうわけかずっと意識のどこかにある。本当はきっとすべてのことをわたしは憶えている。生まれてからまだ三十年も経っていない。記憶が曖昧になったり、消えてしまったりするわけがない。記憶は、意識の表面から、夢を見るときのような無意識のほうへと沈んでしまっているだけなのだと思う。

わたしの経験では、記憶は操作することができる。それはわたし達がいやな記憶をできるだけ忘れようとするという意味ではない。からだの傷が化膿し、かさぶたになってそのあと、見えなくなるように、本当に耐えられない記憶は化膿する。

ワインを一口飲んだとき、わたしは中年の男達と笑い合っていた。話題は性的なことだった。中年の男達は慎重に言葉を選び、女の年齢について話し始めた。

最初は、最近の女の歳はわからないという話だった。化粧がうまくなったし、栄養がいいからだろう、と男達は言った。だが年齢は皮膚に表われるのだと一人の男が指摘して、その部分はどこか、また女は何歳になると皮膚が変化するのかという話になった。おれは二十三歳の春だと思う。女は二十三歳の春に尻の肉が急に柔らかくなるんだ。おれは二の腕の裏側と脹ら脛だと思う。それも色の白い女ほど皮膚と肉が柔らかくなるのが目立つ。原田さんは色が白いから気をつけないといけないね。

わたしは笑っていた。男達の話はそれほど露骨ではなかった。

食事はひどいものだった。イクラは表面がぱさついていたし、スモークサーモンは色が茶色だった。マリネされた魚は生臭くウロコのザラザラとした触感が舌を擦った。スープは、まるで今目の前にいる男達の体液をそのまま溶かしたようだった。白身魚は歯と歯茎の粘膜にこびりつき、ソースからはポマードのような匂いがしていた。だがそのときはそれがひどい料理だということがわからなかった。東日本の地方都市のニース風のランチはこういうものだと思ってわたしは食べていたのだ。

わたしの横にも前にも後ろにも壁に絵が掛かっていた。決して不愉快になるような絵ではなかった。どこかで見たことのあるようなものばかりだった。ヨットが海に浮かび、猫がソファで昼寝をして、広場と噴水と鳩などもあった。

すでに頬を赤くした男達がわたしにワインを勧めた。わたしは断りきれずにグラスのワインを飲んだ。一瞬にして風景が変わったような気がした。それでもわたしは笑っていた。わたしは別にエロ話にも鷹揚《おうよう》に応じる大人の女を演じていたわけではない。わたしはゲロを吐きたくなるほどその場の雰囲気を嫌悪していたわけではない。料理も、実際に食べているときはそれほどひどいものだとは気付かなかった。壁の絵に苛立《いらだ》っているわけでもなかった。だが、ワインの味だけは、確実に違っていた。自分が本当は死んでいるのではないかと思うようになったのは、あのときからだ。

公園は霧に霞んでいる。死者は誰とも話すことはない。わたしはかつて大勢の人を前に話をしてきた。人々はうなずいたり笑ったりした。だが、わたしは自分が生きているのかどうかわからなかった。レインコートと肌に貼りついている霧の水滴のせいだろうか、誰かがわたしに触れているような気がする。

トロッケンベーレンアウスレーゼを飲んだのは一回だけだ。その色や香りや味を正確に憶えているわけではない。だがその記憶は決して化膿せずに輝いている。グラスにトロッケンベーレンアウスレーゼが注がれるときのことも憶えている。不思議な色のワインだと思った。そんな色をそれまでわたしは見たことがなかった。舌のどこかにあのワインが残っている。それは決して消えることがないだろう。

わたしはあのワインを自分の人生の標準にすることができなかった。どうにかしてもう一度飲みたいと思っているわけではない。あのワインをもう一度飲むことに意味があるわけではない。あのワインが象徴するもの。凝縮された時間。自分を許してもいいという感じ。それが今の自分にはない。トロッケンベーレンアウスレーゼ以外のものがすべて空虚だということでもない。あのワインを飲むことで人生が充実するわけでもない。ただわたしは絶対的なものに接触してしまった。

公園には誰もいなかった。ツツジの葉から滴が垂れているのを見ながら、濡れているベンチに坐る。上空で霧が渦を巻いて舞っている。犬の鎖を放す。死んだ犬はわたしの足下にうずくまって動かない。その首筋をなでてやる。手の指に犬の白い毛が絡みついた。永遠に暗くなることのない、夕暮れだけが続く公園があればいいと思う。

突然人影が現われた。犬を連れておしゃべりする人達ではない。公園を横切ってこちらにやって来る。まるでスローモーションの映像のような動きだ。黒いレインコートを着ている。異様に背が高い。性別はわからない。骨格は男のようでもあるし、全体のシルエットは女のように柔らかい。人影は公園の中央で立ち止まった。空に手をかざして雨が落ちていないのを確かめている。その動きはまるで舞踏のようだった。それを見ていてわたしは何かを思い出しそうになった。化膿した記憶の海を探してみる。ずっと以前にも今と同じような出来事があったような気がする。わたしは記憶によってどこかへ運ばれていく。霧が濃くなって何も見えなくなる。やがて目の前に幼い頃に遊んだ公園が広がった。季節は秋のようだ。わたしはベンチを机代わりにして設計図を描いている。ベンチの表面がでこぼこでまっすぐな線を引くことができない。この公園では決して夜になることがない、とわたしの耳元で誰かが言っている。でもすぐとても寒くなるから焚《た》き火をしたほうがいい。

わたしは廃材を探しに行く。廃材にはわたしの友人達の名前が書いてある。わたしはそれを砂場で燃そうとする。板きれは湿っていてなかなか火が点《つ》かない。砂場には何人かの子供がいた。彼らはわたしが焚き火をするのを興味深そうに眺めていた。もうすぐ寒くなるのだとわたしは彼らに教える。彼らは一人、また一人と家に帰り始め、公園にいるのはわたしだけになってしまった。

寂しくはないとわたしは呟いた。わたしはずっと一人だったのだ。今さら一人になったといって寂しく思うことはない。誰かが耳元で囁いた通り、気温が下がってきた。砂場の焚き火は完全に消えてしまっている。ここにいることはない、と誰かがまた囁くのが聞こえた。向こうに行けばみんながいるんだよ。本当に人々の話し声が聞こえてきた。歌をうたっているようでもある。懐かしい感じのする歌だった。行ってみようか。ベンチから立ち上がって、公園を出ようとした。だが、どうやっても、公園から出ることができなかった。

霧が晴れた。黒いレインコートの人影はいない。わたしが昔を思い出している間にどこかへ行ったのだろうか。それとも最初から誰もいなかったのだろうか。

犬は足下で動こうとしない。わたしはベンチから立ち上がってシーソーのほうへ行こうとする。数歩歩いたところで犬のほうを振り返る。死んだ犬はわたしを見ているが、うずくまったままだ。誰もいないよ。わたしは犬を呼ぶ。誰もいない、と声に出したとき、あの男が言ったことを思い出しそうになった。トロッケンベーレンアウスレーゼを飲んだときに言ったことだ。

何か音が聞こえる。送電線が弾けているような音。ラジオのノイズにも似ている。童話が語られているような感じもする。いつか聞いた死刑囚の最後の旅行の話。政治犯の死刑囚は十二時間の猶予を得て、自由な隣国を旅した。時間通りに帰ってきた。よけいな経験をしたんじゃないのか。看守が彼に言う。死ぬのが恐くなったんじゃないのか。そんなことはないよ。彼は別の人生の可能性を見たのだった。わたしはこれまでにたった一度だけ別の人生の可能性に立ち会った。わたしは自分を死刑囚に重ね合わせる。死刑囚にはそういう体験が用意されているのだ。

犬が首を上げた。こちらを見てかすかに尻尾を振っている。わたしのほうへ来たがっている。もう一度犬を呼んだ。死んだ犬は立ち上がり、鎖なしで歩いてきた。霧で濡れた土に足跡がつく。花びらに似た足跡。

わたしは犬の首筋をなでてやった。手の指にまた白い毛が絡みついた。死んだ犬がわたしの手を舐めている。冷えきった舌の感触。

霧がまた深くなってきた。公園の向こう側から犬を連れた人達の話し声が聞こえる。彼らはまたこの公園でおしゃべりをする。犬達はじゃれ合って遊ぶ。わたしはその人達がやって来るまでに公園を去らなければいけない。

犬は近づいてくる人々の話し声を聞いて怯えている。霧がさらに濃くなったようだ。

公園を出るときに、わたしはトロッケンベーレンアウスレーゼを飲ませてくれた男が言ったことをはっきりと思い出した。

「おれ達は死の世界を知らない。だから死に甘美なものを想像する。このワインはそういう味だ。死の世界の味がする」

あとがき

ワインを飲んで風景が異化してしまうことがある。香りを嗅ぎ、試飲した瞬間、どこか別の場所に運ばれていくような錯覚に陥るときがある。官能的な錯覚だ。もちろんそういったワインには何らかの力がなければならない。そういう瞬間をモチーフにして、ワインを八本選び、短編を書いた。主人公には、自分自身や人生に違和感を持っている女性を選んだ。つまり普遍的な女性である。主人公の女性たちには拠《よ》って立つ場所が用意されていない。生きていくための基盤は常に揺らいでいる。だが、彼女たちは、価値観の変動を認めようとしない古い社会や男たちよりも、知性と勇気がある。嘘で塗り固められた社会全体を拒否し、グラス一杯のワインの中に真実を見つけるのだ。真実は一瞬の中に見え隠れし、必ず甘美で危険なものとして姿を現わす。

極上のワインと、現代を生きる女性という組み合わせが、わたしの中で自然に調和して、完成度の高い短編集を編むことができたと思う。

一九九八年九月二十八日　ペルージャ　　　　村上龍

解説

田崎真也

ワインのブラインド・テイスティングとは、グラス一杯に注がれたワインを、その素性を知ることなくまったくの主観で、色、香り、味を分析し、結論として、そのワインの生い立ちを探ってゆくものである。

このブラインド・テイスティングをしていると、ときどきそのワインの造られている場所の情景や、造っている人の顔が浮かんでくることがある。初めて味わったはずのワインなのに。

筆者は、あとがきのなかで、ワインを飲んで風景が異化してしまうことがある。香りを嗅ぎ、試飲した瞬間、どこか別の場所に運ばれていくような錯覚に陥るときがある。官能的な錯覚だ。もちろんそういったワインには何らかの力がなければならない。と書いている。

この何らかの力が備わったワイン八本が選ばれているこの短編集は、筆者自身が文末で「完成度の高い短編集を編むことができたと思う」と言っているように、各短編の文そのものに解説を加えることは、読んでいてもまったく必要のないものだと思えたし、まして私がすることなどもっと必要のないことに思える。

ただ、できることがあるとすれば選ばれた八本のワインは、どれも実にすばらしいものであるが、ワインのことにあまり詳しくない読者がいるとすれば、その方々のために、より具体的なワインの解説があったほうが、より内容のシチュエーションが、現実的に想像しやすいのではないかと思うし、たぶん私に対する依頼もその意味からであろうから。

○オーパス・ワン　Opus One

ハワイ、マウイ島のカパルアリゾートに用意されていた二本のオーパス・ワン。

文中には、アメリカ合衆国における最高の成果は、ハリウッドの映画でもビートニクの詩でも、ジャズでも、ポップアートでもない、オーパス・ワンだ。それは、本当の意味での旧大陸と新大陸の象徴なんだから。とあるこのワインは、まさに、フランスとアメリカのジョイントベンチャーによって創られた画期的なワインである。

このプロジェクトを最初にもちかけたのは、フランス、ボルドー、メドック地方の格付け第一級に輝くシャトー・ムートン・ロッチルトのオーナーであったバロン・フィリップ・ド・ロッチルトである。氏は、文字のみで書かれていたラベルに、画家が描いた絵をとり込んだアートラベルを採用し、シャガール、ピカソ、ミロなどによる作品は、常にラベルそのものの評価も付加価値に加わるという革新的なアイデアの持ち主である。

そして、もう一方の受け入れ側は、カリフォルニアのロバート・モンダヴィ・ワイナリーのオーナーである、ロバート・モンダヴィ氏である。氏は、同ワイナリーを一九六六年に現在のナパ・ヴァレーに設立し、それまで大量生産型のカリフォルニアワインに対し、より質の高いワイン造りの一石を投じた。やはり革新的な発想の持ち主である。

この二人の巨匠の発案により、両社半々の共同出資で産まれた一銘柄だけの赤ワインが、このオーパス・ワンである。

一九七九年に初リリースしたこのワインは、カリフォルニアの恵まれた気候で育ったカベルネ・ソーヴィニョン種を主体に、フランス、ボルドーの土質ワインを造るための伝統的醸造方法を取り入れたカリフォルニアのスーパースター的ワインで、その特徴は、文中に、「一面に花をつけた高原のせせらぎのように体に溶け込んでいくだけだ」とあるように、カリフォルニアの太陽による豊かな果実味は、豊富な渋味の凸凹を埋めつくし、シルクのようななめらかな舌触りを感じさせるタイプで、豊かさのカリフォルニアワインと繊細、緻密さのフランスワインの両面を備えている最高のワインに数えられる。

○シャトー・マルゴー　Château Margaux

筆者は、文の随所でワインの香りをいろいろなものにたとえている。

シャトー・マルゴーの香りで、セックスが欲しくなった。とあるその理由をもともと香りは、それ自体非常にエロチックだ。それは音楽と違って映像を喚起することがほとんどなく、直接内臓に作用するからだと思う、と。そして、だがそのレストランでシャトー・マルゴーの香りを嗅いだとき、ぼくは、映像になる前の信号のようなものが体の中でうごめくのがわかった。などと書かれている。

香りという嗅覚で感じるものを、視覚や触覚に置き換えて感じることのできる人は、物事全てにおいて、五感で感じることのできる人であり、それは優れた芸術家にしか備わっていない感覚である。

このシャトー・マルゴーは、先のムートン・ロッチルトと同じく、ボルドー、メドック地区の第一級格付に認定されている五つのシャトーのうちのひとつ（他は、ラフィット・ロッチルト、ラトゥール、オー・ブリオン）で、その五大シャトーのなかでは、その特徴が特に女性的であると評価されている。

私流の表現では、香りは、赤くよく熟した木の実のような果実の香りに野バラの香りが調和し、さらに熟成するにつれ、腐葉土のような香りや、野獣肉のような動物的な香りを感じるようになる。味わいは、口に含んだ直後の第一印象にまろやかでふくらみのあるボリューム感を感じ、口の中での広がりは上品で繊細で一瞬スマートにも感じ、さらに後半心地良くなめらかな渋味がより強くふくらみを与えるような印象を感じる。

この味わいの印象を体の形にあてはめると、ちょうど女性の体型に似ているところも、このワインが女性的であると言われることだと思っている。

良い年のものは、百年以上経過しても味わうことのできる五大シャトーのワイン達は、六千以上あるボルドーワイン全体の中でも常に価格面でもオピニオン・リーダー的な存在である。

○ラ・ターシュ　La Tâche

文中に、金魚鉢のように大きなグラスに入った赤ワインをわたしに一杯だけプレゼントしてくれた。とあるこのグラスは、たぶん、フランスのバカラ社が創っているロマネ・コンティと呼ばれているグラスで、内容量が1・5リットルも入るものであると思う。

このロマネ・コンティと呼ぶグラスに注がれているラ・ターシュは、あのブルゴーニュの究極の赤ワインと誰もが認めるロマネ・コンティの畑を所有する、ドメーヌ・ド・ラ・ロマネ・コンティ社が所有する、やはりロマネ・コンティ同様、一社だけの単独所有畑の名である。

一本数十万円はするロマネ・コンティの価格は、一ケース十二本の中に一本のロマネ・コンティを入れ、残りの十一本は、同社所有のその周りの畑のものとなる。という、その独特な販売方法によって市場で高値となっているが、味のことのみを、並べてみると、ロマネ・コンティの上品で繊細な印象に比べ、ラ・ターシュは、常によりふくよかで力強い印象を感じる。

単体で味わうと両者をよくまちがえてしまうほどだ。そのラ・ターシュは、ロマネ・コンティ同様に香りがひじょうに強く華やかである。カシスのような果実香、上質な紅茶の葉のような香り、トリュフ的な土の香りになめし皮などの動物的香りなどが次々と広がる。この香りの広がりを十分に感じるには、やはり大きな風船型のグラスにワインを少量注ぎ、香りを一杯にためて楽しむほうが良い。文の最後に、この世の中のほとんどの人は、ラ・ターシュのような、複雑さと錯乱が与えてくれる快楽を知らない、とある。

○ロス・ヴァスコス　Los Vascos

ここに登場する女性ダンサーは、ロワールの白ワインが好きであった。しかし、フランスのワインは、ハバナにはなく、老人は、ハバナのマーケットにあるワインの中から、若い女性ダンサーが好きになるものを選んだ。それがロス・ヴァスコスだったとある。

このチリのワインであるロス・ヴァスコスは、ボルドー五大シャトーの中のひとつであるシャトー・ラフィット・ロッチルドが一九八八年より偉大なパートナーとなったワイナリーで、一躍脚光を浴びることとなった。

価格は、日本でも千五百円ほどで購入できるが、チリでは、最高品質ワインのひとつにあげられている。

赤、白いくつかのタイプがあるが、ロワールの白ワインというのは、たぶんフランス、ロワール河上流のサンセール、もしくはプイィ・フュメと呼ぶ辛口の白ワインのことで、そうだとすると、このワインに使用するソーヴィニョンという名の品種を使ったロス・ヴァスコスのワインが、この物語りに選ばれたワインとなっているのであろう。

○バローロ　Barolo

そのワインからは、薔薇の花の香りがした。わたしはそういうワインを飲んだことがなかった。とある、このバローロは、イタリア北部ピエモンテ州で造られる赤ワインで、ワインの王とか王のワインなどと称されるイタリアを代表する赤ワインである。

木樽の中でじっくりと熟成されて造られるこの赤は、若いうちにひじょうにしっかりとした渋味を持っていることから、かなりの長期熟成をさせることができ、最も長命な赤ワイン。という言い方もされている。

文末にも、バローロの香りに代わるものは、他では探すことができない。とあるように、まさに個性味あふれるイタリア的ワインの代表である。

○シャトー・ディケム Château d'Yquem

世界三大貴腐ワインのひとつ。ボルドー、ソーテルヌ地区産の特別第一級に唯一認定されている極甘口の白ワイン。

貴腐菌によって水分のみが蒸発し、乾しブドウのようになった粒のみを一粒ずつ収穫し、一人が一日かけて収穫したブドウがワイン一本分にしかならない。

濃いトパーズと黄金色に輝き、香りは、文中に蘭の香りと、いつかわたしのお尻に待ち針を刺して喜んだオーストラリア人の白人女性の腋の下の匂いがした。とあるように、芳醇で複雑な香りがし、乾しアンズやアカシアの花のハチミツ、土、スパイス、木の子、ジャコウなどの香りがある。味わいは、豊かな甘味で広がりがあり柔らかな酸味と調和し、余韻が長くいつまでも続く。

○モンラッシェ　Montrachet

イラン人が、赤坂の高層ホテルに買ってきたのは、モンラッシェという黄金色のワインだった。これ以上の白ワインはないのだとそのイラン人は言っていた。と文中でモンラッシェを紹介しているが、このワインは、フランス、ブルゴーニュ産の辛口白ワインで、たぶん愛好家のだれもが世界最高の辛口白ワインであろうと言うだろう。

宝石やきれいな花を溶かした液体を飲んでいるようだった。ともあるように、果実と白い花の香りが華やかにそして強く感じるワインで、口の中での広がりも、マシュマロから風船のように常にまろやかでなめらかだが大きくふくらんでいくような感覚を感じる。

一度味わうと決して忘れることのない印象を持ったワインの一本である。

○トロッケンベーレンアウスレーゼ　Trockenbeerenauslese

文中に、あのワインを飲むことで人生が充実するわけでもない。ただわたしは絶対的なものに接触してしまった。

その絶対的なものが、このトロッケンベーレンアウスレーゼである。トロッケンというのは、ドイツ語でドライを意味する言葉であるが、つまりブドウの果粒が乾したもののようになった貴腐ブドウのことを指しており、このドイツで造られる貴腐ワインも、先のシャトー・ディケム、そしてハンガリーのトカイ・アスー・エッセンシアと並び世界三大貴腐ワインのひとつになっている。

ドイツの気候は、ワイン用ブドウ栽培においてほぼ北限であり、その環境の中で造られるこのワインは、一本数万円から数十万円となるほど貴重なものである。シャトー・ディケムと異なるのは、より冷涼な気候からくる、シャープでさわやかな酸味がよりはっきりとしていることと、仕上りのアルコール度数が半分以下と低いのでより上品で優しく感じられる。

このワインを味わう時は、他に何も必要とせず、静かなところで、琥珀色の輝きをみつめながらゆっくりと味わいたい。それほど完成度の高いものであろう。

——ソムリエ

この作品は一九九八年十二月小社より刊行されたものです。

ワイン 一杯《いっぱい》だけの真実《しんじつ》

村上龍《むらかみりゅう》

平成13年8月25日　初版発行

発行者——見城徹

発行所——株式会社幻冬舎

〒151-0051東京都渋谷区千駄ヶ谷4-9-7

電話　03(5411)6222(営業)

03(5411)6211(編集)

振替00120-8-767643

印刷・製本——中央精版印刷株式会社

装丁者——高橋雅之

幻冬舎文庫

ISBN4-344-40156-5　C0193　む-1-16